人生如字

谐音字趣谈

XIEYINZI QU TAN

肖凌之 著

人民出版社

责任编辑：杨美艳

朗　　读：闫利平

责任校对：吴容华

装帧设计：石笑梦

图书在版编目（CIP）数据

人生如字：谐音字趣谈／肖凌之著．—北京：人民出版社，2019.12

ISBN 978－7－01－021703－1

I.①人… II.①肖… III.①随笔－作品集－中国－当代 IV.① I267.1

中国版本图书馆 CIP 数据核字（2019）第 295196 号

人生如字

RENSHENG RU ZI

——谐音字趣谈

肖凌之　著

人民出版社 出版发行

（100706　北京市东城区隆福寺街 99 号）

北京汇林印务有限公司印刷　新华书店经销

2019 年 12 月第 1 版　2019 年 12 月北京第 1 次印刷

开本：710 毫米 ×1000 毫米 1/16　印张：17

字数：180 千字

ISBN 978－7－01－021703－1　定价：55.00 元

邮购地址 100706　北京市东城区隆福寺街 99 号

人民东方图书销售中心　电话（010）65250042　65289539

自 序

我并非汉语言文学科班出身，也没有专门研究汉字的经历，但我在忙碌工作的闲暇，始终有一种学习和思考新事物的习惯，并不时地写写所思所得。一次偶然的机会，我对汉字产生了一种别样的恋情，尤其是对谐音汉字关系发生了浓厚的兴趣。

这个机会就是听取一位省部级领导关于严于修身的讲话。他的讲话可以说是旁征博引、滔滔不绝，很有思想、很有见地，也很有现场的感染力，让人兴奋和叫绝，给人以美的享受。随着时间的推移，他那些很有见地的原话我已经越来越不记得了，只能依稀想起他讲的大概内容和他那有学养、有口才的良好形象，但他有一句话十分特别，始终在我脑海中闪闪发光，触动着我的心灵，并流淌在我的血液里。这句话就是，"与人交往，不可玩心眼，不可耍花招，要注意以'诚'换'成'，以'德'求'得'"。

应该说，这句话并没有什么华丽辞藻，用词很朴实，但有一种特别的传递功效，直达人的心灵。它的精彩和绝妙，就是它巧用和彰显了汉字的灵气，把"诚"与"成"、"德"与"得"两对谐音汉字用得特别奇妙、特别精到、特别传神，让抽象的大道理变得因果分明，形象而生动，听起来很有节奏感和韵律感，也很具启发性和哲学味，言简意赅地道明了做人做事应该秉持的基本准则。这句话，我永远都忘不了，也没有办法忘记！

这让我想到了中国汉字的神奇。乍看起来，汉字在形体上是方块形符号，所以又称"方块字"，由点、横、竖、撇、捺等笔画组成，但不同的组合就形成了形状各异的字，表达着不同的意思。它集形象、声音和含义于一体，往往只要见字就可引起人们大胆的联想。它一字一音，或抑、或扬，或顿、或挫，读起来响亮清晰，婉转动听。它既可以独立成意，又可以拼凑出无数的词句，表达出任何想要表达的思想。从仓颉造字代替结绳记事的传说开始，汉字已有4000多年的历史，经历了甲骨文、金文、小篆、隶书、草书、行书、楷书等形态的演变，历尽沧桑，但却青春永驻、活力四射。从字体结构到书法艺术，从音韵格律到朗读吟诵，从单字含义到组词成语，从市井俚语到书面表达，从语录诗词到歌赋散文，无不饱含着丰富的意韵，展现着汉字的风骨之美。它是地球上被最多人口所明白、所掌握、所使用的文字。它是中华民族引以为自豪的几千年来的文化瑰宝，也是我们终生的良师益友和精神家园。随着中国综合国力的日益增强和中华民族的伟大复兴，中国汉字在全世界的魅力还会更加熠熠生辉。一个人，不管他是什么国籍、什么人种、什么肤色、什么民族，也不管他从事什么行当，如果了解和掌握了汉字的学问与运用，他的事业必定如虎添翼，他的人生也一定会丰富多彩。

汉字的奇妙也激发我去思考和写写谐音汉字与人生哲理的想法。刚开始，我就接续和扩展那位尊敬领导讲话所提的两对谐音汉字，写了《"德"与"得"》，不仅辨析了它们各自的意思，而且将这对谐音汉字的含义用到人生的淬炼。通过正反论证，得出了"德"为"得"之基、有"德"方有善"得"的结论，劝导人们要想有所大"得"、长"得"和真"得"，就要守"德"和践"德"。接着我又写了《"诚"与"成"》，虽然这两个字各自的意义不一样，但将它们联系起来，却发现它们之间拥有一种必然的因果关系："诚"是"成"的必备和基础，"成"是"诚"的结果和回报，一个人要想有所"成"，就得先要"诚"。明了和恪守"诚"与"成"的关系，不仅有助于一个人求"成"方法的匡正，更有益于良好社会风气的形成。这两篇文章先后在《人民日报》和《光明日报》上发表，得到了广泛转载，还被一些中学选为语文现代文阅读考试试题。这对我无疑是莫大的鼓舞和肯定，让我的工作闲暇过得十分充实而有乐趣，精神上拥有一种难以言状的快慰，它也让我坚定了对"谐音字与人生"课题的进一步思考和写作。

其实，我们的事业要成功，我们的人生要出彩，是决然离不开对谐音字的哲思与妙用的。譬如，要保持做人的清醒，就要以"省"促"醒"；要做到不犯错误或少犯错误，就要学会以"悟"避"误"；要使自己的能力不断提升，就要用"深"的功夫谋取"升"的途径；要保持事业的长久拥有，就要注意在"有"

中常"忧";要做有头脑、有智慧的人,就要善于将"知"转化为"智";要想成为有识之士,就要以"实"增"识";要想在人群中享有一定的威望和地位,就不能忘了用"为"谋"位";等等。只要稍加思考和联想,我们就会意识到,人生如字,充满着"谐"趣,富含着"哲"理,只是很多人并没有意识到这一点而已,以致犯了许多不该犯的错误、走了许多不该走的弯路。如果我们注意了"谐"趣和"哲"理,将其揭示、梳理、归纳、提炼,并做言之成理的阐述,无论是对国家、对社会,还是对个人,都是很有意义的事情。

于是乎,每天忙完工作和必要的健身活动,只要没有别的牵扯,我就躲进书斋写谐音汉字,断断续续持续了两年,总共写了 70 对谐音汉字,合计 10 余万字。其实,这只是"谐音字趣谈"系列的一个开启,要是时间、精力允许,还可以写出更多。值得感动和高兴的是,我的这一系列文章被《人民日报》和《光明日报》选登了近 20 篇,被《今日女报》开辟专栏予以全部刊登。文章被刊出后,每篇又被远在大庆油田、与我空间相隔六千里、迄今为止尚未谋面的闫利平老师第一时间义务深情诵读,并将音频在其自媒体"茉语清澜"中以"石川有悟"栏目再次推送,让我的这个系列连同她的纯正的美诵在微信朋友圈中广为传播。

这个系列在社会流传后,很多读者或微友在微信留言中予以附和、点赞与鼓励,还有很多朋友希望我结集出版,甚至一些父母和老师将其打印成册供孩子们阅读。华中科技大学新闻与信息传播学院赵振宇教授还在其《讲好真话》的专著中多处引用和推介，我国读者群最大的文摘类报纸《中国剪报》也选摘了很多篇。让我感到十分荣幸的是，人民出版社愿意给我这些文字公开出版的机会。更让我感动的是，人民出版社历史与文化编辑部主任杨美艳女士担任责编，在年终岁末的繁杂工作中抽出时间，对每篇文字进行打磨，集成这本《人生如字——谐音字趣谈》。得知我的这些文章即将结集出版的消息后，曾为我在《今日女报》设专栏并担任编辑的邓魏老师，专门以《用谐音汉字读懂纷繁世界》为题写了评论文章。

趁此，我感谢人民出版社的认可、接纳与支持，向为此书得以面世的编辑老师、朗诵老师和付出其他劳动的各位人士表示深深的敬意和谢意。我也衷心希望本书能引起更多的人这样或那样的思考。

肖凌之

2019 年 12 月

目 录

"爱"与"蔼"

"爱"不是空洞的口号，也不是简单粗暴的表白，它需要用"蔼"的方式来表达。若要真心付出"爱"、获得"爱"、享受"爱"，是决然不可忘了"蔼"的造就和"蔼"的展现的。

时光因爱而暖，人生因爱而美。爱，是人世间最美好的字眼，也是人类永恒的话题，最易撩拨人的兴致，最能拨动人的心弦。因其表达的是对人对事的真切喜爱、深挚感情和高度重视，如被感知、感觉或感受，就犹若春天的微风、夏天的绿荫、秋天的枫红、冬天的暖阳，不管何种场景、何种时节，都会宜人、爽人、悦人、暖人和动人，既为所有心智正常的人所追求、所酿造、所体验、所享受，也为古往今来的文人墨客所钟情、所谱写、所挥毫、所颂扬。

真正的爱，是无私的、纯洁的，因为它是不计得失的投入，是心甘情愿的付出，是不讲条件的给予。爱的效能很神奇，它能给人以温暖、给人以愉悦、给人以感动、给人以激情、给人以智慧、给人以力量。亲人之间有了爱，不仅只是血脉的相连和"打断骨头连着筋"，而且相互尊敬和关爱，没有心眼和算计，只有同心、同向与同力。朋友之间有了爱，不仅能分享着你的幸福、快乐着你的快乐，而且能分担着你的苦痛、忧愁着你的忧愁，锦上有花添，雪中有炭送。恋人之间有了爱，不仅有彼此的欣赏、彼此的倾慕、彼此的吸引，而且有彼此的迁就、彼此的分担、彼此的满足，什么都会介意，又什么都会原谅。人与事业有了爱，事业就不只是谋生的手段，而是人的价值得以提升的阶梯。一个人只有体验了亲情之爱的深度，领略了友情之爱的广度，拥有了爱情之爱的纯度，体会了事业之爱的高度，才可称得上是完完整整而又名副其实的人生。正常的人都渴望爱的垂青，有追求的人都会自觉地制造爱、奉献爱，并享用着爱。

但是，爱要让被爱的人所解读、所领会并体现出应有的效应，又是一门高超的艺术。所谓"打是亲，骂是爱"，所谓"不吵不闹，难以到老"，所谓"因为在乎，所以生气"，所谓"良药苦口利于病，忠言逆耳利于行"，尽管出发点都不错，也许在特定条件下能使人感受到施爱者的真情实意和良苦用心，但现实的情形多半是"好心当成了驴肝肺"。这种方式的"爱"，给人的感觉太刚太硬，是一种无情的表达，往往是走向良好初衷的反面。要是"爱"字连上一个谐音的"蔼"字做帮衬，其效果却可以顺心顺意。

那么"蔼"又是什么？它通常表达的是和气、和善之意，往往用来形容令人愿意接近的表情、言语、举动和气质。它不是曲意奉承、讨好卖乖，不是故弄玄虚、装腔作势，也不是虚情假意、花言巧语，更不是刁钻刻薄、口吐恶言和居高临下、傲慢无礼，而是指在自然而然的和颜悦色中的真性展示、真心流露、真实表达、真诚关切、真情传递。

一个人做到了"蔼"，就拥有了宜人的脾气、宜人的脸色、宜人的言语、宜人的行为。其言谈举止，兴许没有豪言壮语，兴许没有柔情蜜意，也可能没有立竿见影的中听或中看，但从来不会有贬低、嘲笑、挖苦、讽刺与中伤的负能量传播，总是蕴含着尊重与平等，夹杂着谦卑与宽容，包含着朴实与厚道，携带着善良与温情，呈现着慈祥与慈爱，散发着和气与友好，让人亲近而又亲切。

"爱"一旦与"蔼"连在了一起，爱的点燃、传递、滋润、巩固、升华、循环、延续就不会出现"单相思"、"单边动"与"肠梗阻"，而是一路的绿灯、一路的畅通、一路的欢快，爱的各种正向作用便会彰显出来，让人感受着美好，体验着愉悦，品味着香甜，生发着力量，回应着关切。

看来，一个人对人对事真正地"爱"，除了知道投入与付出外，还要在"蔼"的习惯养成上作出应有的修炼。

可是，"蔼"不是喊来的，也不是装出来的，它需要在内心深处植入对他人、对事业、对国家、对民族的"爱"，造就一颗善良心、包容心、柔软心、喜悦心、感恩心和利他心，让心里装着阳光、装着他人、装着社会、装着理解、装着美善。当一个人心地宽广，并把真善美乐传递给周围，感染给周边，由小我变为大我的时候，也就自然变得"蔼"然起来，不是和蔼可亲，也是和蔼近人，其所施的"爱"自然便会焕发出应有的光芒。俗话所说的"相随心生，境由心造"，古人讲的"有深爱者，必生和气；有和气者，必有愉色；有愉色者，必有婉容”，说的也是这个道理。

爱是人间的春风，爱是生命的源泉。只有世界充满爱，人与人、人与社会、人与自然便有心旷神怡的和谐。但“爱”不是空洞的口号，也不是简单粗暴的表白，它需要用“蔼”的方式来表达。若要真心付出“爱”、获得“爱”、享受“爱”，是决然不可忘了“蔼”的造就和“蔼”的展现的。

为了“爱”，努力让自己“蔼”起来吧！

“爱”与“蔼”

"比"与"逼"

> 人生既要有所"比"，也要有所"逼"，方可有所造化、有所建树。"比"才能使你善辨别、会选择，以人之长补己之短，以人之厚补己之薄；"逼"，才是克服懒惰的利器，是强化意志的法宝，是走出绝境的神招，是无往不胜的要诀。

在人生的道路上，如非你对什么都不在乎，只要你希望改变局面和现状，或者向往进步，希望活出最满意的自己，甚至还想活出个出人头地，有两个谐音汉字就会被你自觉或不自觉地用到，并驱使着你、影响着你，那就是"比"与"逼"。

"比"的意义有多种，但基本含义就是高低、上下、大小、快慢、强弱、富穷、先后等的较量。从这种语境来理解，它既是发现优势、提振信心的重要路径，也是寻找差距、弥补不足的主要方法。"逼"的意义也有多样，但多半有强迫、强加、施压、迫使、鞭策之意，不问情愿与否，不讲客观原因，没有商量余地，没有妥协空间，不容讨价还价，不许有所搪塞，是务必履行的督促，是必须去想和去做的要求。表面上看，"比"与"逼"，两者似乎没有什么联系，但一旦被人用上就可形成一种压力和推力，甚至两者还会互相转换、循环往复，影响着人的一生。至于，被用上后会导致什么效果，则考量着人的智慧、检验着人的胆识、折射着人的境界。

人活世上，要活出个明白，甚至要活出个滋味与精彩，是不能离开"比"的。因为有了"比"，你才会与外界连在一起，才会知道"山外有山，楼外有楼"，才会知晓自己的真正面目与分量，才会了解事物的真正情况，才会明白自己的处境和方位，才会清楚自己的奋斗目标和方向。井里的青蛙因为没有"比"，所以只能看到井口那么大的天；古夜郎国的人从未走出过夜郎国，所以才有"夜郎自大"的笑话；盲人看不清大象，所以摸到的大象不是萝卜，就是蒲扇，或是柱子，或是草绳。不"比"的人，兴许没有什么烦恼和忧愁，可却如蒙着眼睛去走路，步入深渊也不知，其后果只会是不堪想象的可怕。但一味地乱"比"，不顾实际地与人比出生、比背景、比金钱、比财富、比地位、比权力、比名分、比待遇、比长相、比挥霍、比享受，要么就会将自己比得越来越自卑、越来越气馁、越来越消沉、越来越堕落，要么就会把自己比出个"三观"扭曲，变得个热衷于歪门邪道、投机钻营和巧取豪夺。在某种意义上说，乱"比"的人比不"比"的人更恐怖，因为乱"比"的人除了最终损己之外，还有可能害人害社会。只有公平地、客观地、恰当地、全面地、辩证地"比"的人，才会比出一番新发现、新干劲、新境界、新提升、新气象。他们与人"比"，从来只从可比性入手，不仅比想法更是比行动，不仅比结果更是比过程，不仅比获得更是比付出，不仅比成就更是比努力，不仅比物质更是比精神，不仅比外表更是比心灵。他们善于从这些"比"中，看到人家的长处，发现自身的不足，弄清事物的本质，找准努力的方向，从而博采众长、取长补短，把自己打理得越来越清醒、越来越勤奋、越来越丰富、越来越高尚、越来越进步、越来越精彩、越来越完美。

人活世上，要把自己打造得优秀和杰出，还需要有所"逼"，"逼"自己不断地向好向善向上向美。成功者都是逼出来的：曾国藩是长期坚持"日课十二条"才把天资一般的自己逼成了一代完人和一介君子；比尔·盖茨是逼自己、逼员工、逼市场，才把自己逼成了软件帝王；霍英东是置之死地而后生才把自己逼成了工商巨子。在"二战"期间，美国要派100名突击队员深入到德国后方去，要求集训40天后必须学会德语，学会的要去，没学会的也要去。出乎意料的是，在集训后，这些美国士兵人人都会讲德语，而且还讲得很好。这是不学会德语就是死路一条逼出来的成效。中国历史上以少胜多的巨鹿之战，也是项羽破釜沉舟、背水一战，不给自己留退路而逼出来的胜利。其实，人生的每一步都是逼着走的，要么是环境所逼，要么是生活所逼，要么是工作所逼，要么是他人所逼，要么是形势所逼……逼，是把人弄得别无选择，容不得迟疑不决、叫苦叫累和贪生怕死。它往往会使目标更加明确，使行动变得更加迅速，使胆识得以快速提升，使力量得以聚焦，使潜能得以"超常发挥"。人要有所改变和建树，确实是应该有所"逼"的。但"逼"也得有个度，该"逼"的才可逼，不可逼良为娼、逼民造反；

要"逼"在人的潜能范围，不可咄咄逼人和逼人太甚，以免逼出不必要的麻烦，逼出个物极必反。在现实中，有的人不是被逼出一番新天地，而是被逼上了绝路、逼出了叛逆、逼出了灾难，这就是对"逼"把控不当而导致，留下了不该有的遗恨。

看来，人生既要有所"比"，也要有所"逼"，方可有所造化、有所建树。但如何"比"、"比"什么，又怎么"逼"、"逼"到何处，颇有一番讲究。用好了，"比"才能使你善辨别、会选择，以人之长补己之短，以人之厚补己之薄，让你精神满满、惊喜多多；"逼"，才是克服懒惰的利器，是强化意志的法宝，是走出绝境的神招，是无往不胜的要诀。不然，"比"与"逼"就如加附在身的幽灵，把人弄得个走火入魔，走向良好初衷的反面。

◁))"比"与"逼"

"才"与"财"

　　顺应时代发展、合乎社会要求、符合人民期待的"才"，必然符合真正意义上的"财从才来"的法则。

　　据《明史》记载，明军攻下北京后，不少人把元朝宫中的珠宝进献给朱元璋。随着地位和情形的变化，能够一下子得到这么多的珍奇宝贝，朱元璋当时确有些飘飘然。朱元璋的皇后马秀英得知此事后便劝朱元璋："元有此宝，为何又落你手？可见财宝非真正之宝，贤才才是宝中之宝。但愿得贤才朝夕启沃，共保天下，即大宝也。"朱元璋觉得马秀英言之在理，便在建朝之初，广纳人才，采取轻徭薄赋，恢复社会生产，整顿吏治，惩治贪官污吏，促使社会经济得到恢复和发展，开创了为后人称颂的"洪武之治"。马秀英可以说是一位典型的"贤内助"，她对"才"与"财"的辩证理解尤为深刻，对今人的兴家立业、治国理政都有启迪。

　　"才"与"财"，音相同，意相远。"才"，能力也，是将知识予以活化和运用的能力，需要不断学习与造就；也指有知识、有能力的人。"财"，是"才"字旁边加个"贝"，指的是金钱和物资，能够给人带来直接的好处，有助于人的欲望的满足，是人们喜欢追逐的对象。站在人类社会发展的高度看，"才"与"财"之间却是相通的，"才"是"财"之基，有才的人按照正常的规则、秩序而做人做事，终究会拥有物质的和精神的财富；"财"是"才"之果，人类的一切财富、一切发明创造都是"才"的换取或物化。所谓"有才应有财""财从才来"，说的就是这个意思。

　　然而，曾几何时，从事复杂劳动的不如从事简单劳动的，从事脑力劳动的不如从事体力劳动的，甚至造原子弹的不如卖茶叶蛋的，脑体倒挂，投入产出不匹配，这些现象让有些人认为"才"与"财"是挨不到边的事，发出了"读书无用论"和"百无一用是书生"的感叹。于是乎，有些人便重眼前轻长远、重先得轻后得、重钱财轻人才、重物质轻精神、重外表轻内在。这种现象应该要引起社会对人才培养和劳动分配制度的检讨与反思。但这种现象肯定不是主流，而是少数的、支流的、表面的、暂时的，我们不能被几朵浮云遮眼，并且还由此做出了不正确的判断和不理智的选择，更不能"只要马儿跑，不让马儿吃草"，只重当下的产出不重应有的人力资本投入，只重"财"不重"才"，热衷于竭泽而渔和杀鸡取卵。

　　还有一些人虽然认同"财从才来"，但却对"才"与"财"的要义并没有认真领会与准确把握，一切以一己私利为中心，不凭诚实劳动而谋财，挖空心思，极尽所学之知识与技能，巧取豪夺、贪污受贿、坑蒙拐骗、杀人越货。这种人所谋的"财"是伤天害理之财，是坑人利己之财。这种人是典型的"知识越多越反动",拥有的"才"越高对社会的危害也越大。这种"才"不是真正的才,而是歪才、劣才、孬才、蠢才和害人之才、反动之才,只会为社会所不容;所获取的"财"也不是正当之财,而是不义之财、缺德之财,为人所不齿。这种人的下场可想而知,俗话所说的"人为财死,鸟为食亡",应该指的就是这种现象。

其实,为社会做贡献的能力与水平才叫真正的"才",为人民、为国家、为民族谋福祉的才,还可称为英才、雄才和伟才。为求取自身的生存与发展,凭诚实劳动和分配规则而得到的报酬或回报方可称为真正的"财",为人类和社会作出贡献而获取应有的回馈,才是名至实归的社会褒奖。在崇尚公平正义的社会,在知识经济时代,这样的"才"与"财",使人信服、受人尊重、令人向往,也备受称赞。像比尔·盖茨、马云以及名闻遐迩的那些才华横溢的名流名家们,他们的雄才大略推动了文明的进步和社会的发展,拥有再多的财富,也属一种应该,不会有人不服和觉得不平,相反还会受到人们的热捧和赞扬。问题的关键是,你所拥有的是什么样的"才"、又是谋的哪样的"财"。顺应时代发展、合乎社会要求、符合人民期待的"才",必然符合真正意义上的"财从才来"的法则。

"我劝天公重抖擞,不拘一格降人才",清代思想家、文学家龚自珍对人才的呼唤,适应于任何时代、任何社会。穷并不可怕,缺钱少物也没有什么了不起,但最可怕的是人无知识和能力,却又成天想着要暴富、要发财。人才是国家的第一资源和第一宝贝，是企业和社会发展最核心的要素，有了人才就等于"留得青山在，不怕没柴烧"，无可化为有，穷可变成富，弱可转为强，劣可成为优，后可赶上前。有上进心的人必然注重自身能力之打造，争当被人公认的人才，并以自有的"才"而获得社会回报的"财"。有希望的民族也必然是唯才是举，重视人才，尊重人才，让真正的人才有用武之地、生活无后顾之忧，活得有尊严，过得有品质。这才是社会所提倡和需要的"才"与"财"的正相关。

◁)) "才"与"财"

"常"与"长"

> 在我们的干事创业中，如果坚持了"常"与"长"，就是持之以恒、久久为功的做法，就是真抓实干、锲而不舍的表现，就是"踏石留印，抓铁有痕"的扎实作风。

愚公移山的故事，人们并不陌生。说的是从前有叫太行和王屋的两座大山挡住了愚公一家的门户，逼得愚公进出家里都要绕好远的路程，于是愚公身体力行并动员家人挖山不止。此举感天动地，天神派了两位仙人帮其移走了大山。此后，只要有人做事情不怕困难，坚持一直做、反复做，我们就说他有"愚公移山"的精神，一定会获得成功。这个传说也让人联想到了"常"与"长"两个谐音字的特别意义。

"常"，经常也，时时也，是次数上和频率上的反复；"长"，则是长期也，长久也，是时间和时段上的延续。"常"与"长"连在一起，就是既频繁反复，又长久地坚持。在我们的干事创业中，如果坚持了"常"与"长"，就是持之以恒、久久为功的做法，就是真抓实干、锲而不舍的表现，就是"踏石留印，抓铁有痕"的扎实作风。一个人一旦拥有了"常"与"长"的谋事要求、干事风格和做人品质，要想不成功恐怕也是不容易的事情。一个单位或组织如果做到了谋"长"抓"常"，就没有克服不了的困难，没有做不好的工作，没有解决不好的问题。

在现实中，总有那么一些人只想出新不想出招，只想出奇不想出力，只想出彩不想出汗，并且希望立竿见影，祈求一举成名，奢望一夜暴富，渴望一步登天，最好是能很快地获得名利双收，但干起事来却是"三天打鱼，两天晒网"，一曝十寒，习惯于投机取巧、偷工减料、欺世盗名，其结果只可能获取一时的表象，不可能拥有真正的成功，还会导致他人的非议和社会的指责，严重者还会是"搬起石头砸自己的脚"。坚决反对形式主义、官僚主义、享乐主义和奢靡之风，是我党一贯的倡导和要求，但总有一些单位或组织做一阵子歇一阵子，抓一阵子松一阵子，热一阵子冷一阵子，抓抓停停，不能一以贯之、一抓到底，不良风气就犹如一股顽疾反反复复地出现，结果伤害了群众的感情，失去了群众的信任。

从古至今的成功人士，无一不是朝着预定的目标，克服各种艰难困苦，坚持不懈地干事创业的。司马迁克服宫刑带来的身心痛苦，"两耳不闻窗外事，一心只著圣贤书"，坚守 18 年才完成被誉为"史家之绝唱，无韵之离骚"的辉煌巨著《史记》。司马光也是排除各种各样的困难，守正笃实，耗时 19 年才编成了"鉴前世之兴衰，考当今之得失"的鸿篇巨制《资治通鉴》。曹雪芹坚持批阅十载，增删五次，才著就了"字字看来皆是血，十年辛苦不寻常"，并被誉为"中国古典小说高峰""中国封建社会的百科全书"的《红楼梦》。当代的钱学森、钱三强、钱伟长、袁隆平、屠呦呦等为人类作出杰出贡献的科学家、发明家都是坚持几十年如一日，从事着自己心爱的事业。他们的共同特质，就是把看准的事业当作毕生的追求，用"常"与"长"的执着，排除一切干扰，坚持做，经常做，认真做，不达目的决不罢休。那些成功的企业或组织，也都是按照目标定位、职能要求，经常抓、见常态，深入抓、见实效，持久抓、见长效，"咬定青山不放松""一张蓝图绘到底"。

其实，各行各业最成功者，不一定都是最优秀、最聪明、最敏捷、最健壮、最幸运的人，但绝对都是最用心、最投入、最勤奋、最执着的人，是拥有"常"与"长"办事特质的人。干工作要真正干出大成效，谋事业要真正谋出大成果，是绝对不能离开"常"与"长"二字的。尤其是那些长远目标的实现，那些不可能一蹴而就、一劳永逸的事情，那些稍有松懈就会反弹的问题，那些长期性、艰巨性、复杂性的工作，更是需要"常"与"长"的工作作风来保证，才会取得真正的成效。如果三心二意，东一榔头，西一棒子，其结果只会是有始无终，或是半途而废，或是功败垂成、功亏一篑。有了"常"与"长"的投入，方可积小成为大成，累小胜为大胜，产生出水滴石穿的神奇变化。"简单事情重复做，会让你成为专家；重复事情用心做，会使你成为赢家""奇迹是属于执着者的，成功是属于顽强者的"，说的也是这个道理。

干事创业要养成"常"与"长"的习惯，说起来容易，但实践起来不一定简单，它需要对目标意义的清醒认识，需要对所从事工作或事业的由衷热爱，需要荡涤急功近利的浮躁，需要有一种光明在前的希望和激情，需要有一种逢山开路、遇水架桥的果敢，需要一种经得起风浪、承得住压力、顶得起挫折、耐得住寂寞、抵得住诱惑的定力，需要愚公移山精神、钉钉子精神、蚂蚁啃骨头精神和燕子衔泥垒窝精神。做到了这些，就没有干不好的工作、抵达不了的目标、成就不了的事业、精彩不了的人生。

◁ "常"与"长"

"潮"与"超"

> "潮"与"超"二字不能忘，要不断地学习追求"潮"，不断地努力争取"超"，当时代的弄潮儿，做自己的超越者。一个社会如果充满"潮"与"超"的氛围，国家就愈益强大，民族就愈有希望。

从 2004 年以来，每年 5 月，深圳文博会都会如期举行。作为我国唯一的国家级、国际化、综合性的文化产业博览交易会，自首届举办至今，规模逐年扩大，品牌不断彰显，对中国文化产业发展的拉动作用逐步增强，被誉为"中国文化产业第一展"。因为工作关系，笔者已是连续几年感受展会的盛况。给我的感觉是，展览会洋溢着"潮"与"超"的气氛：各地报送的展品，追求的是"高、精、特、新"；各参展商的展位设计，充满着时代气息；展场内外，参展者、看样订货者、参观者人头攒动；展会的组织工作也是井井有条。看来，勇立潮头，奋发赶超，"潮"与"超"既是产品获取市场青睐的法宝，也是各种展会得以长久生存与发展的根本。

在参展的空隙，笔者还参观了落户于深圳的"乐逗游戏"企业创梦天地科技有限公司。不看不知道，一看就让我的心灵产生了久久的震撼。从"贪吃蛇"游戏开始萌芽，经过几年的快速发展，这家公司已成长为国内最大的独立手机游戏发行平台，在海内外拥有4.39亿注册用户，年度平均活跃用户1.29亿，吸纳了近1000人就业。但让我怎么也未曾想到的是，这家企业的CEO居然是一位单腿跳来跳去的残疾人，满身的朝气蓬勃，满脸的阳光灿烂，他居然还是我的同乡，出生于湖南新宁县的一个普通农民家庭，还不到40岁，名叫陈湘宇，让我喜出望外。他因患小儿麻痹症才留下了残疾，但这丝毫也不妨害其奋发赶超，而是凭着一条腿创荡世界，并且走得"大步流星"和自信豪迈，2014年《财富》公布"中国40位40岁以下的商界精英"榜单，陈湘宇名列其中。陈湘宇给我留下的印象：身残志不残，永远在追赶。陈湘宇的成功更给人以启迪：只要心中有理想，不怕苦和累，不惧困难与挫折，始终追逐时代的潮流，一个人即便有天生的缺陷也可以创造生命的奇迹，成为时代的超人。

从创梦天地科技有限公司出来，我的心情依然没有平静，由陈湘宇还想到了我国当今为人熟知的残障模范张海迪，想到了任正非、马云、马化腾、张瑞敏等时代超人。他们成功的故事都不一样，是在不同的领域创造出不同的奇迹，但他们身上却洋溢着共同的气质，那就是"潮"与"超"。他们都具有敏锐的嗅觉，能够把准时代的脉搏，顺应时代的潮流，并在此基础上，励精图治，"像坚持初恋一样坚持理想"，"咬定青山不放松"，奋力拼搏，最后才超越自我、超出同群。

从深圳文博会的火爆，到陈湘宇的蝶变，到张海迪的成就，再到任正非、马云、马化腾、张瑞敏等时代精英的事迹，在让我心生敬意的同时，也让我生发了比较之问：创业在同一时代，为什么有些人能成就辉煌，有些人却一事无成？出生在同一年代，为什么你的同学成了事业的佼佼者，可是你却平平庸庸？成长在同样的环境，为什么别人出落得有声有色，而你却活得个灰头土脸？"潮"与"超"这两个谐音字始终在我脑海中回荡。

"潮"，除了指海水因为受了日月的引力而定时涨落的现象外，更多的是引申为时尚、入时、合符形势的发展趋势。"超"，则是指超过、胜过之意。乍看起来，"潮"与"超"除了谐音似乎没有什么联系。但从一个人的事业发展来看，抑或是从国家和社会的进步来考量，"潮"是"超"的前提和基础，"超"是"潮"的铺垫和推动。一个人一旦拥有"潮"的追求和修养，就会跟上潮流，不仅不会被时代所淘汰，而且可以站得高、看得远、想得深，甚至站得准、看得清、想得明。一个国家和民族一旦拥有"潮"的氛围，就会不断"超"越自身，创造出层出不穷的人间神话，就会永远向前，引领世界。

在现实生活中，总有些人对"超越"一词十分热衷，希望超越自我、超越同类，甚至是出类拔萃，但说话、做事、想问题却总是慢半拍，反应迟钝，行动迟缓，放马后炮，其结果只会是跟在别人屁股后面捡拾人家早已不屑一顾的东西，"超"的愿望更是水中月亮、镜中花朵，永远无法触及。

一个社会不可能人人都做得了张海迪、任正非、马云、马化腾、张瑞敏、陈湘宇，人人都能取得引人瞩目的辉煌成就，每个人都有每个人的情况，每个人都有每个人的活法，但紧跟时代不落步，干出自己有模有样的活儿，做出自己最满意的事业，活出最好的自己，应是我们共同的追求。而要做到这一点，"潮"与"超"二字不能忘，要不断地学习追求"潮"，不断地努力争取"超"，当时代的弄潮儿，做自己的超越者。尽管每个人的禀赋有差异、能力有大小、所处的环境有区别、所占据的平台不一样，但"一分耕耘，一分收获"和"天道酬勤"的规律，却能让每个人得到应有的回报。一个社会如果充满"潮"与"超"的氛围，国家就愈益强大，民族就愈有希望。

◁)) "潮"与"超"

"诚"与"成"

一个人要想心想事成，必须诚真做人、诚心办事、诚恳待人，做到以"诚"求"成"。只有坚持"诚"与"成"结合，遵循"诚成因果"，"诚"的意义才能得以拓展与张扬，"成"的结果也才会利己利人利社会。

《狼来了》的寓言故事，恐怕不知道的人并不多。说的是一个放羊娃，喜欢撒谎捉弄人，本没有狼的身影，却向山下种田的农夫们大喊"狼来了！狼来了！"弄得农夫们气喘吁吁爬上山去救援，放羊娃见此情形哈哈大笑地说："真有意思，你们上当了！"第二天，放羊娃故技重演，农夫们又冲上山来帮他打狼，可还是没有见到狼的影子，放羊娃却洋洋得意地说："哈哈！你们又上当了！"大伙儿对放羊娃一而再地说谎十分生气，从此再也不相信他的话了。过了几天，狼真的来了，尽管放羊娃拼命地向农夫们喊"狼来了！狼真的来了！快救命呀！"可农夫们没有一个去理睬，更没有人去帮他，结果放羊娃的许多羊都被狼活活咬死。这个故事的寓意是，做人要诚实，不能以说谎去愚弄他人，更不应通过说谎来达到自己的目的。同时也说明了一个道理：一个人要想心想事成，必须诚真做人、诚心办事、诚恳待人，做到以"诚"求"成"。

"诚"，乃真实、真挚、真情、真意，是做人的好态度、好作风和好品质；"成"，则是成绩、成果、成效、成就，是一种符合预期的结局、结果和状态。将"诚"与"成"放在一起言论，不仅是因为音同，更是因为它们之间拥有一种因果关系："诚"是"成"的必备和基础，"成"是"诚"的投入与酿造。明了和恪守"诚"与"成"的关系，不仅有助于求"成"方法的匡正，更有益于良好社会风气的形成。

在具体的求"成"实践中，总有人也像那放羊娃一样忘记或是忽略了这一定律，把诚心诚意的"诚"束之高阁。他们要么投机取巧，急于求成；要么瞒天过海，欺世盗名；要么出尔反尔，践踏诺言；要么掺杂使假，出卖良心；要么移花接木、巧取豪夺……凡此种种，都是以"欺"和"诈"的手段骗取信任、求得成绩、获取成效、谋取成就、窃取成果、盗取功名。这种方式得来的"成"，不是夹杂水分的"成"，就是虚假冒牌的"成"，绝对不会是货真价实的"成"、令人信服的"成"，经不起检验和拷问。古往今来，大凡以不"诚"而求"成"者，即便有成，也是小人之成、眼前之成、区区之成，抑或是殃民之成、昧心之成、不安之成，不被千夫所指就是万幸，更不可能受到社会的称颂。这种人实则是成事不足、败事有余，因为他们败去了信誉，败去了灵魂，败去了做人的根本。

正常人都有心想事成的美好愿望，但没有"诚"的投入肯定不会有"成"的结果，这是铁的定律。《韩非子·说林上》中讲到，巧诈不如拙诚，惟诚可得人心。《礼记·中庸》中也谈到，诚者，天之道也；诚之者，人之道也。孔老夫子也在多种场合提到，人无信不立。这些古训说的是，"诚"既是安身立命之本，也是应该秉承的行为操守，"诚"能助人走向"成"、接近"成"、实现"成"。人要有所"成"，就不能忽略"诚"的存在与作用。

一个人拥有了"诚"，就有了待人处事的真，就能获取理解、信赖和尊重，得到配合、支持与帮助，得来成事的各种正能量。"诚"，还能帮愚者变聪、弱者变强，还能使挫折变坦途、黑暗转光芒。现实中，以"诚"为人做事，也可能有一时不"成"的现象，但有了"诚"的投入，心灵便有了纯洁与高尚、坦然与无悔，也就收获了精神上的"成"。更何况，还有"诚招天下客，誉从信中来""精诚所至，金石为开""艰难困苦，玉汝于成"的"诚成因果"。"诚"者，肯定有"成"，终究能"成"。刘备求贤若渴，以三顾茅庐之"诚"，得到了诸葛先生"鞠躬尽瘁、死而后已"的真情辅佐。以毛泽东等为代表的老一辈无产阶级革命家，之所以能带领穷苦大众推翻旧世界、建立新中国，其中的一个重要原因就是诚以待人、诚以救国。以"诚"待学而成学、以"诚"待艺而成艺、以"诚"待业而成业的事例更是举不胜举。"诚"，不仅最能打动人心，而且永远是开启成功的"金钥匙"。

"诚"，是中华民族的传统美德，人与人之间相处无处、无时、无事不需诚诚恳恳的"诚"；"成"，是每个奋发进取者的良好心愿，社会发展需要每个成员都有心想事成的"成"。只有坚持"诚"与"成"结合，遵循"诚成因果"，"诚"的意义才能得以拓展与张扬，"成"的结果也才会利己利人利社会。作为个人，要实现心想事成，就要先以"诚"的要求做人，做到不自欺、不欺人，真诚待人、真实操业，真情爱国、真心持家。作为国家，则不仅要旗帜鲜明地推崇"诚"、褒扬"诚"，而且要构筑科学的诚信体系，使人不敢不"诚"、不能不"诚"、不想不"诚"，营造出以"诚"求"成"、以"诚"换"成"、以"诚"达"成"的浓厚氛围。

◁)) "诚"与"成"

"创"与"闯"

> 在人生的丰富和事物的发展中，"闯"是"创"的条件，"创"是"闯"的结果，没有"闯"不可能有所"创"，有了"闯"方可拥有"创"的希望和喜悦。

我国的海尔已是全球大型家电第一品牌，但其始终秉持"没有成功的企业，只有时代的企业"理念，用闯劲谋创新，以创新赢发展，从成立至今已实行了五次重大战略调整和管理变革，目前已在全球拥有了数十家工业园、研发中心和贸易公司，全球员工超过了6万人，品牌价值位于世界同行的榜首。海尔的创始者、领航人张瑞敏也因创新所取得的杰出成就而得到了世人的广泛钦佩与赞誉。海尔的发展之路是"创"与"闯"，张瑞敏的成功也得益于"创"与"闯"。

"创"与"闯"，是两个读音相似、动感极强、活力极足，却相互关联的字，都意味着改变现实、打破常规、突破现状、谋求超越，是十字路口的把准定向，是于无出路中找出新路，是于无声处中谋求有声，体现的是主观能动，彰显的是开拓进取，反映的是人活世上的精气神。"创"侧重于状态的改变和新气象的呈现，更多的是以智慧和以先进手段作支撑；"闯"则侧重于行动和作为，更多的是需要勇气和胆量来鼓动和推进。在人生的丰富和事物的发展中，"闯"是"创"的条件，"创"是"闯"的结果，没有"闯"不可能有所"创"，有了"闯"方可拥有"创"的希望和喜悦。

其实，"创"与"闯"的要义，是主动进取、主动作为，是通过思考、探索、实验、试验等方法，去发现、发明或创造，找到或产生新的理念、新的手段、新的途径、新的技术、新的天地、新的产品，是化无为有、化旧为新、化后为先、化坏为好、化劣为优、化穷为富、化小为大、化弱为强的谋变行动，是化梦想为现实，化腐朽为神奇的演变过程，是一种现状的改革、改良和改进。

人类发明了火种，告别了茹毛饮血，靠的是"创"和"闯"；人类发现了药物和医疗技术，告别了有病等死，靠的是"创"和"闯"；人类从原始文明、农耕文明，进化到工业文明，再迈步到现在的信息文明、数字文明和生态文明，靠的是"创"和"闯"；从物质和生理的不断满足，到精神的不断丰富和心灵的不断充实，靠的是"创"和"闯"；从不知道自然和地球的奥秘，到自然规律的不断掌握与运用，到"上九天揽月""下五洋捉鳖"，靠的更是"创"和"闯"……"创"和"闯"，永远是时代发展的主题，是科技进步的引擎，是国富民强的不竭动力。具体到人类个体，它却是抱负施展和人生超越的法宝，是把个人打理得最适、最优、最佳的根本方法。"创"和"闯"，始终是那些向好向善向上向美的人们的应有追求和必备品质。

在现实情形中，有些人并不明白"创"与"闯"的重要性，以至于在人生的路上不是反应迟钝，就是有所偏颇，结果错失了很多良机，留下了很多遗憾。有的既没有"创"的愿望和景象，更没有"闯"的胆识与行动，安心于"等靠要"和"混日子"，满足于"比上不足，比下有余"，热衷于所谓的"知足常乐，随遇而安"和"不求富贵，但求平安"。有的虽有"创"的想法，却没有"闯"的行动，只想富庶不想奋斗，只想成名不想付出，只想方便不想动手，只想出新不想出招，只想出奇不想出力，只想出彩不想出汗，更害怕遭遇"闯"的风险，承担"闯"的代价。也有的把"创"片面地理解为对过去的全盘否定或对新活法、新式样的热捧，无视自身实际，不按规律办事，不分真假美丑，也不听不同意见，一味地追求所谓的新潮流、新花样、新生活而鲁莽地"闯"、盲目地"闯"，把自己弄得个不伦不类和不三不四，被讥讽为好出风头和人中的异类。凡此种种，都不是真正意义上的"创"和"闯"，也就不可能实现自身状况的根本改观，更不可能拥有华丽转身的效果。

在当今"大众创业，万众创新"和"前面标兵越来越多，后面追兵越来越快"的时代背景下，"创"更是一个人安身立命的必须，"闯"则更是不敢沉沦者的应有表现。一个人可以有这样或那样的缺点，但不"创"不"闯"则是明显的自甘落后和不思进取，是为人处世的冷漠病，是开历史的倒车，是典型的慢性自杀，只会被时代所抛弃。

要做到"创"和"闯"，确实需要有完善自我的强烈愿望，有热爱生活和生命的满腔激情，有一股积极向上的蓬勃朝气，有一股自我否定和自我革命的勇气，有一股创先争优的昂扬胆气，有一种认定的事情坚持做、反复做的顽强韧劲，有一种不怕困难、谋求改变的坚实闯劲和务实干劲。倘若如此，我们的人生才可丰富和精彩。

没有追求的人是乏味的，没有挑战的人是空虚的，没有波澜的人生是残缺的。让我们在"闯"中发现，在"创"中出新，把富有刺激和活力的"创""闯"二字刻进脑海、流淌在人生全过程。

"创"与"闯"

"导"与"道"

人生在世，要认清自己、走准方向、走上正道，离不开优良的环境，离不开虚心请教，离不开高人的指点，从这个意义上讲，"道"需要引"导"，需要高人的引领和影响，"导"则是"道"的选择和"道"的掌握的重要帮手与依靠。

俗话说，"当局者迷，旁观者清""迷失要问路，入乡要问俗""你是谁并不重要，重要的是你跟谁在一起""不听导师言，吃亏在眼前"。这些俗言俚语告诉我们的是，人生在世，要认清自己、走准方向、走上正道，离不开优良的环境，离不开虚心请教，离不开高人的指点，如果有了良师而不从、有了良言而不听，有了经验不借鉴，有了教训不吸取，一意孤行，我行我素，那么吃亏不是当下也是迟早的事情。由此，便让人想到了人生之路的"道"与"导"的问题。

"道"，道路也，方向也，途径也，也常引申为法则、规律、方法、办法；"导"，则是给行路者以指引和指点，给一时糊涂或迷茫的人以启发和开导。正常的人，既希望走好走准道路的"道"，做到不错路、不迷路、不摔跤，不走弯弯道，也希望走好人生的"道"，一生平平安安、顺顺利利，最好是春风得意、光彩照人，同时还希望掌握事物运行之"道"，明白事理，拥有应对和处置的正确方法与恰当技巧。而要做到这些，除了自身的学习、尝试、摸索、感悟，还离不开他人的帮助与点拨，离不开高人的循循善"导"。从这个意义上讲，"道"需要引"导"，需要高人的引领和影响，"导"则是"道"的选择和"道"的掌握的重要帮手与依靠。

人的一生是不能离开"导"的。不学自会、无师自通的现象毕竟少之又少，即便有，也是指极个别人的独特禀赋，是某一特定事件或某一个特定场合的偶然出现。普遍的现象是，一个人初生时期的"道"离不开父母的"导"，学生时代的"道"离不开老师的"导"，走向社会的"道"离不开领导、同仁、朋友或名望之人的"导"。尤其是在人生的十字路口和关键节点，要弄清楚自己到哪里去、走什么道、怎么走，要把准和把稳其中之要领与要义，"导"对"道"的作用还举足轻重、不可或缺。在一定程度上说，一个人如果离开了"导"的指引，就犹如飞机在天空中失去了导航，轮船在大海中看不见灯塔，人在旅行中丢失了地图、失去了向导、看不到路标，方向是不明的，目标是不清的，参照是茫然的，行动是盲目的，其结果必然是危险的、可怕的。

"近朱者赤，近墨者黑。""道"又与"导"的本色和水平紧密相关。雄鹰在鸡窝里长大，就会失去飞翔的本领；野狼在羊群里成长，也会"爱上羊"而丧失狼性。结识什么样的"导"，往往就会有什么样的人生之"道"。和积极的人在一起，你就难以消沉；和勤奋的人在一起，你就难以懒惰；和上进的人在一起，你就难以落后；和有能力的人在一起，你就难以平庸。与智者同行，你会不同凡响；同高人为伍，你也能登上巅峰。上学时遇到好老师，工作时遇到好师父或是好领导，婚姻上遇到好伴侣，乃是人生之三大幸；身边缺乏热心肠的人、缺乏积极进取的人、缺乏远见卓识的人，乃是你生活中的不幸。"孟母三迁"的故事，诠释的也是这个道理。所以，要避免误入歧途、不踏入歪门邪道，保证能够对事物的认识获取正确之"道"、睿智之"道"，使自己的人生拥有阳光大道、康庄大道，就得擦亮眼睛，找准生命中的真正贵人，找到同道之中的良师益友，不可认贼作父，更不能与贼一道同流合污、随波逐流。

在现实生活中，总有那么一些人无视"导"对"道"的作用，总认为自己高明，不愿意听取不同意见，更不愿意博采众长、集思广益和见贤思齐，结果走上了错误的道路、步入了人生误区还浑然不知。还有一种人，走向的是另一个极端，缺乏主见，缺失自我，不能辩证地看待"导"与"道"的关系，对待"导"不分真假和好坏，一味地予以盲从和效仿，结果被纵容、被误导、被唆使，而获取了错误之"道"，或者走上了不正之道，轻者带来了不该有的坎坷与曲折，重者会坠入错误的深渊，干出违法犯罪或是伤天害理的事情，酿造出可悲的人生。

其实，在人生的问题上，方向决定道路，道路决定命运。人生的方向怎么定，目标怎么设，道路怎么选，步子怎么迈，除了自己的不断摸索与独立思考，确实是少不了正确之"导"、高明之"导"的，只有将两者进行有机的结合，方可作出合适的判断和恰当的选择。但要做到这一点，除了遵循好"导"与"道"的关系，还要选对"导"、认准"导"，并依其"导"而行之。唯如此，我们踏上的道路就会更踏实，所获的道理就会更精确，所选的人生就会更稳健，不仅少有迷雾、少有污染、少有泥泞、少有不测、少有危险，而且确切而顺畅、平坦而宽广、灿烂而明亮。

◁》"导"与"道"

"德"与"得"

> "德"为"得"之基，有"德"方有善"得"。所谓"君子好名，求之有范""君子爱财，取之有道"，就是说，以良好的个人品格去谋"得"，坚持以"德"换"得"。

人生在世，正常的人都祈望有"得"，只是祈望"得"的内容不同、层次不一。有人祈望得民心、得称颂、得尊重，乃是超凡之"得"；有人祈望得功名、得地位、得事业，乃是脱俗之"得"；有人祈望得知识、得学问、得才干，乃是高雅之"得"；更多的人则是祈望得衣食、得健康、得安全，乃是起码之"得"、普通之"得"、必需之"得"。但人们追求"得"的轨迹却逃不出马斯洛的需要层次理论，一级一级往上求：力保基本的，力争高雅的，追求脱俗的，向往超凡的，从生存到发展，从生理到心理，从物质到精神，从外在到内在，从平凡到卓越，从卑微到崇高。不管求什么，也不管要追求哪一层级，只要不妨害社会和他人，都是无可厚非的，甚至还可看作是有理想、有抱负、有追求、有进取、有作为的表现。

大千世界，形形色色。有些人不愿付出和劳作，却盼望不劳而获，梦想"天上掉馅饼"，或是希望一夜暴富、一举成名、一步登天，兴许一时能获取别人的理解、同情和施舍，但终究是好景不长，并会沦为社会的负担和他人的笑柄。有些人虽然身体力行，由于受到一些主客观条件的制约，付出与得到却不成比例，甚至是劳而不得，但比起前者却是一个进步，因为这些人要么心智得到了启迪、要么身体得到了强健，"功夫不负有心人"的铁律最终会帮助这些人收获应有的所"得"。更多的人则会"种瓜得瓜、种豆得豆"，有几分付出就有几分收获，会是劳而有"得"的。

但劳什么、以什么方式"得"，却展现人的境界、体现人的品质、彰显人的大小，也决定"得"的性质。

以假公济私、损公肥私、损人利己的方式去谋"得"，得之越多，他人和社会则损之越多，这属缺"德"之"得"。以这种方式求"得"，兴许会得逞一时、风光一阵，但"不是不报，时候未到"的因果规律终会发生效应。这种人自然会受到法律的审判和惩处，或者会得到舆论的谴责和唾弃。像那些不择手段捞权、捞钱的贪官污吏，像那些欺世盗名的伪专家、伪权威，像那些将己"得"建立在别人痛苦之上的卑鄙之徒，莫不是缺"德"之"得"者，终究不会有好的下场。这种人看似"得"了，最终却失去了民心、失去了尊严、失去了自由、失去了品格、失去了灵魂、失去了根本。此所谓，缺"德"之"得"者，小人也。

而以利他、利社会、利国家之方式求"得"，"得"之越多，他人与社会也会随之受益越多。这是有"德"之"得"。以这种方式的求"得"之人，其本人兴许会一时"得"得很苦，甚至"得"不偿失，但终究会受到人们的赞许和爱戴，得到社会的肯定和尊敬。像钱学森、袁隆平这类科学家，像焦裕禄、孔繁森这类领导干部，像雷锋、郭明义这类平凡人物，都属于有"德"之"得"者。他们看似没有得到什么，实际上却收获了大大的"得"，为万民所称颂，为社会所景仰。此所谓，有"德"之"得"者，君子也。

由此看来，"德"与"得"不仅只是音同，而且有着因果关系："德"为"得"之基，有"德"方有善"得"。

当今时代，经济体制深刻变革，社会结构深刻变动，利益格局深刻调整，思想观念深刻变化，各种思潮的交流交融交锋日益频繁，人们的价值追求日益多元多样多变。中华民族正在朝着实现伟大复兴的中国梦而迈进。面对这种形势，在求"得"的方式上，我们更要旗帜鲜明地倡导和褒奖以"德"求"得"、以"德"换"得"，营造"鄙视小人、谴责小人""学习君子、争当君子"和"君子好名，求之有范""君子爱财，取之有道"的社会风尚。用坚定的理想信念、鲜明的政治立场、高度的理论修养以及强烈的大局意识等好的政治品德，去赢取风气之先，引领时代潮流。践行文明礼貌、助人为乐、爱护公物、保护环境、遵纪守法为内涵的社会公德，去求得社会认同，获取广泛支持。遵循爱岗敬业、诚实守信、公道正派、服务群众、奉献社会为内容的职业道德，去实现出类拔萃，赢得业界尊重。秉守尊老爱幼、男女平等、夫妻和睦、勤俭持家、邻里团结等为要求的家庭美德，去享受生活，品味幸福。

　　一个人，拥有了良好的政治品德，并自觉践行社会公德、职业道德和家庭美德，也便自然地造就了自己的良好品格。以良好的个人品格去谋"得"，坚持以"德"换"得"，自然会得其福、得其禄、得其寿、得其喜，而且"得"高境界、高品质、高形象，这样的"得"方属大"得"、长"得"、真"得"，可谓"得"得踏实、"得"得愉悦、"得"得称道。

◁» "德"与"得"

"独"与"度"

> "慎独"的要义，就是"独"中要有"度"。无"度"的"独"会使独处迷失方向，失"度"的"独"能将独处引向错误。无"度"而"独"的人会踏向毁灭，有"度"而"独"者却会走向辉煌。

不管忙与不忙、闲与不闲，每个人的每一天都要面对独处，只是长与短、多与少的区别。独处意味着无人惊扰、没人监督，是某段时间和某处空间的独享，是完完全全的自己打理自己。但不同的人却有不同的独处方法和独处效果，有些人收获的是休闲、休整、充电、修补、提高等正能量，有些人却是魔鬼般地为自己埋下了隐患、种下了恶根、造就了罪孽。同样是独处，为何独处的功效却大相径庭？由此，自然让人想到了"独"与"度"这两个谐音字的关系。

《淮南子·说山训》曰："兰生幽谷，不为莫服而不芳；舟在江海，不为莫乘而不浮；君子行义，不为莫知而止休。"《礼记》有云："莫见乎隐，莫显乎微，故君子慎其独也。"自古以来，圣人先哲们无不倡导做人要慎独，做到心口如一、言行合一、始终如一、表里一致，有人无人一个样，始终保持好应有的本色。"慎独"的要义，就是"独"中要有"度"。无"度"的"独"会使独处迷失方向，失"度"的"独"能将独处引向错误，过"度"的"独"会将独处推向罪恶的深渊，只有有"度"而又适"度"的"独"才会使独处福利多多、好处多多。

台上大喊反腐倡廉，台下大搞权钱交易；人前是正人君子，人后是男盗女娼；当面是人模人样，背后是衣冠禽兽；明处是谦恭有礼，暗处是恣意妄为。诸如此类的台上一套台下一套，当面是人背后是鬼的表现，都是对"独"与"度"关系的无视与亵渎，是无"度"而"独"、失"度"而"独"和过"度"而"独"。这种人总是抱着一种侥幸心理，总是片面地把"独"看成是无人知晓的秘密，忘却了"举头三尺有神明"和"隔墙有耳，窗外有人，上天有眼"的道理。这种人是典型的"两面人"，骨子里就不是好人，平时的表现只是装模作样，独处的时光才是真实的自己。这种人是把独处当成自作聪明、自我陶醉、自我放纵、自我麻醉。这种人只会在不知不觉中滑向沉沦、走向堕落、犯下罪行。然而，"法网恢恢，疏而不漏"，这种人终究会受到道德的谴责和法律的严惩。这些年来正风肃纪中所查处的各种"老虎"与"苍蝇"，多半就是这些"独"而无"度"、"独"而滥"独"的货色。

向上向好向善向美的人，却是把"独"当作人生最真最实的修炼，看作是自我拷问、自我充电、自我砥砺、自我完善的绝佳机会，将其视为暂时停顿和歇息的港湾抑或是人生道路的加油站与充电站。他们始终有"度"而"独"，以"度"待"独"。

他们的"度"就是公理良心、道德规范、党纪国法，不管有没有他人的存在、有没有外来的监督，都要将其刻进脑海，落实到行动。他们坚信的是"为人不做亏心事，半夜不怕鬼敲门"和"要想人不知，除非己莫为"。他们遵循的是"推己及人、将心比心"和"己所不欲，勿施于人"以及"君子成人之美，不成人之恶"。他们追求的是"从心所欲，不逾矩"和"己欲立而立人，己欲达而达人"以及"与人为善、见贤思齐"。他们操行的是"非礼勿视，非礼勿听，非礼勿言，非礼勿动"。他们满足的是"心底无私天地宽"。他们所做的一切不是仅为别人所看，而是为了锻造真正的自己，做到上不愧天、下不负地，中间对得起自己的良心。有"度"而"独"的人，不因无人知道而忘乎所以、肆无忌惮，而是有礼有节、有操有守，始终葆有心灵上的井然有序和行为上的举止有度，不放纵、不越轨、不逾矩，做到"独"而不滥、身闲志定。那些道德模范、德艺双馨、德能齐全者，无一不是有"度"而"独"的人，他们值得人们永远学习和效仿。

没错，"独"，是一个人的世界，是无人监督的空间，不需伪装，也不必迎合，你可以天马行空、无拘无束，想其所想、做其所做，你也可以什么也不想、什么也不做。但独处最能显现出一个人的本性，每一个动作反映人的真实素质，每一个细节折射人的本来灵魂。善良的人向往独处、需要独处，作恶的人希望独处、寻找独处。但独处却是人性的最灵的检测器和最好的试金石，拷问人的灵魂、检验人的品质、考量人的定力、检测人的意志。无"度"而"独"的人会踏向毁灭，有"度"而"独"者却会走向辉煌。

看来，如何"独"、怎样"独"，确实是每个人在人生的道路上需要面对和回答好的问题。

◁》"独"与"度"

"读"与"笃"

> 读书是让人生不当废品、不做次品、当好成品、摘取精品、争取极品的最佳方法与途径。"笃",乃一心一意、专心致志,是认认真真的态度,是踏踏实实的作风,是久久为功的坚持。以"笃"的要求对待"读",书便成了人生的发动机和加油站,开卷就必有所益,"读"就必有所得。

"读",就是看着文字念出声,就是捧着书本或文章进行阅读,就是人们常说的读书。它是获取知识的极其重要方式,是提升能力的重要渠道,是健脑益智的好事,也是劳心费神的苦活。稍明事理的人都会晓得"读"对人之重要。古人把"读"看成是种"千钟粟"、建"黄金屋"、娶"颜如玉",并且还可"学而优则仕",于是乎便留下了"悬梁刺股""凿壁借光""囊萤映雪""王羲之吃墨"等千古佳话。

而在愚昧落后的年代,"读"只是权贵和富人们的独享,穷人们不节衣缩食、勒紧裤腰带,甚至砸锅卖铁,是无法涉足的。而今,随着社会的发展、物质条件的改善和生活水平的普遍提高,只要有"读"的愿望,绝大多数人"读"的梦想都可如愿以偿。然而,"读"不是装装样子就可以读出一个什么名堂的,它需要另一个几乎同音的"笃"字的加盟与融入。

"笃",乃一心一意、专心致志,是认认真真的态度,是踏踏实实的作风,是久久为功的坚持。干什么事情如果连上了一个"笃"字,无收获、没成效、不成功的结局恐怕难以看到。以"笃"的要求对待"读",书便成了人生的发动机和加油站,知识就如开启未来的万能钥匙和照亮前行道路的灯塔,开卷就必有所益,"读"就必有所得。

现在拥有读书条件的人越来越多了,但随着互联网技术的普及,捧着一部书从头啃到尾的人却越来越少了,"读万卷书,行万里路"似乎成了梦中神话,以"笃"而"读"者更是凤毛麟角,更多的人是通过上网聊天或使用微信、微博、手机短信等方式获取碎片化的信息。其实,虽然网络的信息量大、速度快,在网上可以及时地找到一些资讯和资料,但网络始终取代不了书籍的位置。书籍传达的不仅仅是信息,而是一种文化。在网上浏览和在灯光下捧着书读的感觉不一样,在网上不能完全地沉浸在作品当中,只能看个大概,而读书在获取知识、思想的同时却是一种精神享受。书中一些经典的段落、句子可以让人反复阅读、思考甚至背诵下来。书籍和网络对人的影响犹如正餐和快餐对人的肠胃一样,同样可以填饱肚子,但获取的营养和用餐时的感受却是大不相同的。在网络发达的时代,人要变得丰厚而有内涵,不能因网废书,不能忘却了对书籍的"读",也不能因之而敷衍塞责地"读",仍然要以"笃"的憨态和拙劲予以扎扎实实地"读"。

被动应付，三心二意，蜻蜓点水，浮光掠影，浅尝辄止，囫囵吞枣，不求甚解，肯定不是"读"的要义，更不是"笃"的要求。以"笃"的态度对待"读"，不是空喊口号，必须要有实实在在的表现。

要主动而读。"读书之乐乐陶陶，起并明月霜天高"。读书是让人生不当废品、不做次品、当好成品、摘取精品、争取极品的最佳方法与途径。读书也不是请客吃饭，完全是自我补充、自我修炼、自我提高、自我完善和自我超越。真正的读书不是摆姿势、装样子，不是被推着学、逼着读，而是为我读、我想读、我要读，要主动、主动、再主动，主动设目标、主动订计划、主动寻机会、主动定时间、主动找保障。

要挤时而读。忙忙碌碌不是无时间读书的借口。"时间就像海绵里的水，只要你愿意挤，总是有的"。董遇利用"冬者岁之余，夜者日之余，阴雨者时之余"的"三余"时间，博览群书，孜孜不倦，终于成为三国时期有名的学者。欧阳修不放过"马上、枕上、厕上"的"三上"时间研读经书、史书、杂记和小辞，成为北宋时期著名的政治家、文学家。大文学家鲁迅就是把大家喝咖啡、谈天的时间，用在了学习上，最终写出了许多好文章，取得了举世瞩目的伟大成就。

要用心而读。开卷有益，在乎用心。"学而不思则罔，思而不学则殆"。读书是最忌心不在焉和心猿意马的，而是要"循序而渐近，熟读而精思"。不读则已，读则心静、气静，眼入手入心也入，与书中情节相交融，与书中人物相交流，与书中思想相交锋，做到学思结合，学实结合，学用结合，达到一览无余、出神入化之境地。

要坚持而读。在信息爆炸和知识更新时代，读书必须永远在路上，不能一曝十寒和"三天打鱼，两天晒网"，更不容许一劳永逸，要不断地读、反复地读、终身地读，要活到老学到老，生命不息，读书不止。唯如此，才能永葆"胸中书传有余香"和"腹有诗书气自华"，做到与时俱进，不为时代所淘汰。

◁》"读"与"笃"

"讹"与"恶"

> 人在做，天在看，举头三尺有神明。"讹"也好，"恶"也罢，只要呈现于世，就是社会的毒瘤，就是人类的渣滓，我们没有理由不群起而攻之。

每当看到、听到或读到有人遭遇诸如"碰瓷""找托""带笼子""帮扶反被讹""拾金平分"和诬陷、诬赖、欺诈、敲诈、强买、强卖等行为而遭受财产或荣誉损失等的报道和信息，心里便有一种说不出的滋味，如鲠在喉，感到特别气愤。所披露的这些行径已无异于抢劫、掠夺和强占，是对公德的亵渎，是天良的丧失，是典型的人类之"恶"。它也让我想到了一对颇具负能量的谐音汉字"讹"与"恶"。

"讹"，既可作名词，表达错误、差错或谣言之意；也可作动词，解释为敲诈、欺骗。这里仅取其动词意。"恶"，既是多音字，又是多义字：在表示不好、凶狠之意，或是在表示犯罪的事和极坏的行为时，念 [è]；在表示呕吐的感觉，抑或指对人和事的厌恶时又读 [ě]；在表示讨厌、憎恨的意思时则读 [wù]。这里讨论的是念 [è] 音的"恶"。这样，"讹"与"恶"就是一对标准的贬义而又相互关联的谐音汉字了："讹"属于"恶"，"恶"

包含"讹";"讹"是"恶"的枝与叶,"恶"是"讹"的干与总。不管是"讹"还是"恶",都属不好、不良、不善、不义、不美之列,是对他人或是公共利益的侵害,是对社会公德的反叛,不利于文明的进步,不利于和谐社会的构建。它们都是善良的人们不愿看到和予以鄙视的行为,是文明社会要竭力反对和遏制的现象。

"讹"的手段很卑鄙,往往是通过捏造事实,制造假象,设置陷阱,编造把柄,罗织借口,让讹人者耍横使泼、理直气壮,让旁观者雾里看花、难分真假,让被讹者哑巴吃黄连,有口莫辩,而招冤枉、背黑锅,被迫作出权益或财富的转让。这种行为与手段,无疑应受到口诛笔伐。尤其是那些救死扶伤、扶贫济困、携老扶弱、奉献爱心、文明礼让等高尚行为还招致"讹",影响就更恶劣,它不仅损害好人的利益,伤害好人的心灵,还毒害社会风气,如果正义未能得到应有的伸张,势必就会导致"劣币驱逐良币"的社会怪象,催生出好事不敢做、作恶不敢斗的集体冷漠。

"恶",其范畴涵盖广。既指损人损己、损人利己、损公肥私的微观层面的表现,又指妨碍大多人利益、妨碍国家安全、妨碍时代发展、妨碍社会进步的宏观层面的所作所为。以暴力、威胁、滋扰等手段,实施违法犯罪,扰乱正常秩序,制造社会动荡,就更是"恶"中之"恶"。"讹"只是"恶"的一个小类、一个方面。所有的"恶",都具有破坏性,都是损人损社会损生命损自然的,只是有大小之别和轻重之分,都为公序良俗所不容。所以，古人早早地就提出了"勿以善小而不为，勿以恶小而为之"的理念。"恶"行虽有可能得逞于一事一时，但邪终究胜不了正，恶永远赢不了善。善有善果，恶有恶终，是人类和自然运行的基本法则，谁都不可例外。

俗话说，大千世界，形形色色，林子大了，什么鸟都有。尽管国家和社会对人们的行为准则规定得清清楚楚，既有为人做事的道德"底线"，又有各种团体组织的纪律"高压线"，还有国家法律禁止的"红线"，尽管不少碰"线"、踩"线"、越"线"者也受到了应有的惩罚，但总有那么一些人视而不见，听而不闻，无所触动，为了一己之私，绞尽脑汁，翻新花样，铤而走险，给他人、给社会、给国家、给民族制造出这样或那样的大小麻烦。尽管这样的人是极其少数，但"一粒老鼠屎，坏了一锅汤"的效应却给社会带来了负面影响。

这倒给国家和社会治理提了个醒：什么时候都不能淡化中华民族优良传统和社会主义核心价值观的教育，并且要从娃娃抓起，让富强、民主、文明、和谐，自由、平等、公正、法治，爱国、敬业、诚信、友善的24字价值目标、价值取向、价值准则深入人心、植入骨髓，使全社会是非观念清晰，自觉抵制"讹"与"恶"；什么时候都要弘扬正气，褒奖正义，让奉行善行义举的人始终受到普遍尊重和爱戴，使全社会唾弃"讹"与"恶"；什么时候都要注意法治建设，完善和扎紧制度的笼子，让心存不良者无空可钻，不能实施"讹"与"恶"；什么时候都要旗帜鲜明地对为非作歹者予以严厉打击，让他们体会到什么是"得不偿失",也让更多人看到什么是"搬起石头砸自己的脚",使人不敢去尝试"讹"与"恶"。

人在做,天在看,举头三尺有神明。"讹"也好,"恶"也罢,只要呈现于世,就是社会的毒瘤,就是人类的渣滓,我们没有理由不群起而攻之。

🔊 "讹"与"恶"

"付"与"福"

　　"福"的驾到，需要先期"付"出。有"付"不一定能换来所期望的"福"，但没有"付"，就永远不可能有"福"。从这个意义上说，"付"就是"福"的铺垫，"福"则是"付"的结果，"付"的多少影响着"福"的大小。

　　著名的"六尺巷"的故事，一直是一段流传至今的佳话。说的是，清代康熙年间，安徽省桐城市出生的礼部尚书张英的家人与邻居吴家在宅基地问题上发生了争执，家人飞书京城，让张英打招呼"摆平"吴家。而张英回信给家人的是一首打油诗："千里修书只为墙，让他三尺又何妨。万里长城今犹在，不见当年秦始皇。"家人见书，主动在争执线上退让了三尺，下垒建墙，而邻居吴氏深受感动，也退地三尺，建宅置院，于是两家的院墙之间便留出了一条六尺宽的巷子。

　　这则故事道出了礼让便有和睦、付出换来福报的道理。

　　由此，也便让人联想到了"付"与"福"的关系。

　　"付"，除用作量词外，主要是指给予、交出和谦让之意，是一种布施的行动，是一种先期的垫付。"福"，尽管意义多种，但主要是与"祸"意相对，表达长寿、富贵、康宁、和睦、顺利和幸运等吉祥之意，是人类的美好期盼和普遍向往。

"福"，始终是藏在人们心头的理想和追求。有些人甚至还盼望着洪福齐天、福星高照和福如东海。在中华民族的习俗中，每逢春节，人们还将"福"字贴上家门，祈求在新的一年里逢凶化吉，遇难呈祥，一顺百顺，诸事如意。有的人干脆将"福"字倒过来贴在门上，祈求"福到家门"和"福气临门"。还有一些人喜欢选用"福"字给自己的小孩取名，以此祈望着小孩成长得健健康康和顺顺利利。

"付"，却并不是人人的愿意。因为它要么是一种既得"奶酪"的分切，要么是一种利益的转让，要么是一种拥有的割舍，要么就是一种时间、精力、体力的投入与耗费。只有拥有长远眼光，并具备一定风格和境界的人才会做出"付"的选择和行动。

然而，梦想永远不会自动成真，"福"从来不会从天而降。"福"的驾到，需要先期"付"出。有"付"不一定能换来所期望的"福"，但没有"付"，就永远不可能有"福"。从这个意义上说，"付"就是"福"的铺垫，"福"则是"付"的结果，"付"的多少影响着"福"的大小，"福"的降临必须要有"付"的前期介入。

现实中，总有一些人并不明白"付"与"福"的关系。他们要么只想有福，却不问福的来由，从而便不清楚如何去造福；要么虽然明白个中的道理却不愿意按照"福"到的规律去行事。希望长寿，却不遵守长寿的秘诀；希望富贵，却好吃懒做；希望康宁，却不防患于未然；希望和睦，却处处锱铢必较；希望顺利，却只想自己不想别人；希望幸运，却从不做任何必须的准备。对于投入的事、付出的事、舍弃的事、谦让的事等须个人作出主观努力和主观约束的事，要么不愿做，要么大打折扣，但心里想着"福"、口里念着"福"、眼里盼着"福"，而实际情形不是不安就是不顺，不是霉运缠身就是人际关系紧张，"福"分不沾边，"福"梦总难圆。这样的人，即便在家门上贴再大再多的"福"字，即便对"福"字反复地予以顶礼膜拜，其结果只会是年年徒羡别人享清福，岁岁哀叹自己命比黄连苦。

除了文章开头提到的"六尺巷"的故事，其实，"付"与"福"，从古至今便是相辅相成、相得益彰。汗滴禾下土，方可换得稻花香里说丰年；十年寒窗苦读，方可换得天下知的功名；台下十年功的苦练，方可换得台上一分钟的掌声响起。那些真正享有福分的人，其光鲜亮丽的背后无一不是辛勤的付出。

历史和现实反复证明，福来自布施，来自孝顺，来自谦虚，来自仁义，来自不欺，来自善贤，来自勤奋，来自俭朴，来自平淡，来自真诚，来自厚道，来自尊重。它需要与人为善，爱敬存心，成人之美，救人危急，护持正法，敬重尊长，爱惜物命等利他行为的践行，需要有对人待物的善行义举和真心付出。人的付出与善行，"福"兴许未至，但"祸"已绝对地远离；人的吝惜与行恶，"祸"兴许未至，但"福"已离己而去。

有智者曾经说过，没钱的时候，把勤奋布施出去，钱就来了；有钱的时候，把钱布施出去，人就来了；有人的时候，把爱布施出去，事业就来了；事业成就的时候，把智慧布施出去，喜悦就来了。为世界留下《蒙娜丽莎》《最后的晚餐》等艺术杰作的意大利艺术家达·芬奇也曾说到，勤劳一日，可得一夜安眠；勤劳一生，可得幸福长眠。中国的俗话也常常说及，天道酬勤，财散人聚，博爱领众，德行天下，吃苦是福，吃亏是福。这些名言俗语，无一不诠释着"付"与"福"的辩证关系。

"吉凶祸福有来由，但要深知不要忧。"明白了"付"与"福"的奥妙，便不会望"福"兴叹和"身在福中不知福"，并以"付"的行动去创造"福"、迎接"福"、拥抱"福"。

◁》"付"与"福"

"功"与"躬"

路是脚踩出来的，历史是人写出来的。人的每一步行动其实都在书写着自己的历史。要想拥有立"功"的闪耀历史，就不可缺乏"躬"行的生动实践。

立功，自古以来就与立德、立言一起，被看成是人生的"三立"。但凡正常的人都是希望立功的。可在历史和现实中，有些人能事随所愿，不仅劳苦功高，而且功勋显赫，让世人不时地想起和念及；有些人则是不好不坏，平平淡淡，其音容笑貌往往随着生命的消失而消失；有些人则正好走向初始愿望的反面，不仅未有立功，相反却造下了罪孽，为世人所诟病。

上述三种不同的结果，决定于在立功实践中的不同表现。有些人愿意身体力行，并久久为功，于是乎玉汝于成；有些人经常立志却不立常志，于是乎"东一榔头，西一棒子"，没有弄出一样值得可歌可颂和值得怀念的事情；有些人却想一套做一套，知行不一，只可能导致失败的人生。

由此，便自然让人想到了"功"与"躬"的关系。

从字面上看，"功"与"躬"似乎只是同音，意义上并没有什么关联。"功"，除了有时表达功夫、功率之外，主要是指劳

53

绩、成绩或成就、成效，是一种让他人和社会有所感觉的进展、进步或好处，是一种受人称颂与赞扬的劳作成果。"躬"，本指人的身体，但常常"躬""行"并用，现常引申为身体力行或亲身实践，是一种亲力亲为和努力的行动，是一种真心的投入与付出。

但从"功"的取得和实现规律看，"躬"的行动却是"功"的获取的基础与前提，"功"的铸就则是"躬"的行为的浇灌与打造。

从"功"与"躬"的关系可以看出，影响"功"获取的因素有很多，但自身的投入和躬行却是必不可少的条件，没有这一条，即使其他的条件再充分，功名也只会是镜中的花朵和水中的月亮。

纵观历史，那些创立功勋迄今被人们传颂的人物都是伟大的躬行者。神农尝百草，才发明了谷物种植和药物采用。大禹三过家门而不入，躬亲劳苦，手执工具，与百姓一起栉风沐雨，同水患搏斗，才治好了"浩浩怀山襄陵"的大洪水。秦始皇征服了六国，才建立了封建大一统的中央集权国家，实现了"车同轨，书同文"，并统一了度量衡，确立了郡县制。李冰父子坐镇指挥都江堰，才建成了伟大的水利工程，使成都平原变成了"天府之国"。蔡伦一次又一次对各种材料进行比较和试验，才发明了"造纸术"。郑和亲率船队远征，才实现了"三宝太监下西洋"。李时珍用尽毕生精力，广收博采，才著就了药学巨著《本草纲目》。如此等等，为人类作出贡献的历史人物虽已远离我们有成百数千年，但他们的名字却随着他们的功绩永远地活在后人的心中，并闪烁着光芒。

当今时代，那些为社会发展和文明进步作出巨大贡献的各种"家"们更能使人切实地感到，他们为人类所立的大功不是只有理想而没有行动，而是始终围绕着心中的目标坚持做、做坚持，反复做、做反复，攻破一个又一个难关，战胜一个又一个困难，是化败为赢，是积小胜为大胜，积量变为质变，积小功为大功的。他们无一不是美好理想的躬行者。

有人可能会说，为人类立下大功的人毕竟是少数，我没有什么特别的天赋，所从事的也是普普通通的平凡工作，也没想立什么大功，立功兴许只是一种奢望，难道也需要"躬"的表现吗？

其实，历史和现实都已反复证明，只要拥有正常的思维和意识，任何人、任何工作、任何岗位都可以为人类而立功，只是立功的层级有大小之分和轻重之别。但立功从来就不是等、靠、要而来的，它等于1%的天赋加99%的汗水，是立功的愿望连上竭尽全力的付出。

在平凡的岗位上，做好职责范围内让人看得见、摸得着、得实惠的各种实事，就是立功；干好为后人作铺垫、打基础、利长远的各种好事，也是立功。只要将"功"与"躬"结合在一起，任何人都可以为这个世界创下宝贵的物质财富或精神财富，抑或是两者兼备。

人生在世，应该要有为人类立功的良好愿望，并养就"功成不必在我”的精神境界和“功成必定有我”的历史担当。这样的人生才是有意义的人生。关键是有了美好愿望，就要有切实的行动，要像蚂蚁啃骨头那样一点一点地啃，像愚公移山那样一锄一锄地挖，为立功的良好愿望不断地躬亲、躬行和躬耕。

路是脚踩出来的，历史是人写出来的。人的每一步行动其实都在书写着自己的历史。要想拥有立“功”的闪耀历史，就不可缺乏“躬”行的生动实践。

◁) “功”与“躬”

"官"与"管"

当官，同时还意味着要履行好相应的责任和义务，要作好"管"的文章，既要管好自己和亲属，又要管好他人，不然，当官就会当出危险、当出灾难。

两百多年前，法国出了一个震惊世界的著名人物，他就是拿破仑，当年的法国，在他的率领下，几乎征服了整个欧洲，所有欧洲的王室大臣都不得不尊他为王。随着时空的转换，他显赫的战绩可能被绝大多数人所淡忘，但他的一句"不想当将军的士兵不是好士兵"的名言却还常常地被人们所提及。

但凡拥有上进心的人，都是希望从"士兵"成长为"将军"的，期望从一名普通群众变为引领群众的人，也就是说，希望成为一名"官"，最好是官位越来越高、权力越来越大、名气越来越响。

希望当官并没有什么不对，更不能被简单地妄议为"官瘾重"和"野心大"。只要思想纯正，又有相应的本事，当官确实有利于理想和抱负的施展，有利于人生价值的实现。当官当得好，不仅属地和群众会因之而受益，自己也会赢取良好的口碑和称赞，亲人们也会觉得荣耀和光彩。

　　但在现实中，并不是所有当上官的人都有好结局、好下场。有的人本来可以一生平安，但一旦当上了一官半职则是灾难连连，不是给地方和单位带来损失或是乌烟瘴气，就是给自己招来了这样或那样的骂名，甚至还闯下了弥天大祸和牢狱之灾。

　　当官，确实是有吸引力的，因为它意味着拥有更大的干事平台，可以享有人财物的支配权力，甚至拥有一呼百应的风光满面。但这只是问题的一个方面。当官，同时还意味着要履行好相应的责任和义务，要作好"管"的文章，既要管好自己和亲属，又要管好他人，不然，当官就会当出危险、当出灾难。

　　山再高，没有脚板高；浪再大，也在船底下。当官虽是人上人，但世上是没有"铁帽子王"的，位高不会高过天，权大不可大于法。官也不能自封，不是组织给的，就是民众推的。当了官，就要知道"我是谁""来自谁""为了谁"，不可"子系中山狼，得志便猖狂"，不可自命不凡、自以为是，不可耀武扬威、趾高气扬，不可飞扬跋扈、不可一世，而是要学会管理好自己，做到位高不骄、权大不刁、才高不狂、艺高不傲、谦虚谨慎，让自己修得个德能配位和行稳致远。要管好自己的脑，多想与身份相宜的事，多想切合实际的事，多想利人、利群和利社会、利国家的事；管好自己的嘴，不该吃的坚决不吃，不该说的坚决不说；管好自己的手，不该做的坚决不做，不该拿的坚决不拿；管好自己的腿，不该去的坚决不去，不该跑的坚决不跑；管好自己的欲望，不让杂念模糊自己的视线，不让私心束缚自己的行为；管好自己的时间，把精力多用在学习和公务上，用在地方的发展上，用在单位的有序运转上，用在所属群体利益的谋取上。通过对自己有效的管控，让自己有所顾忌、有所畏惧、有所遵循、有所坚持、有所作为、有所割舍，养就起为人处世的远眼光、大格局、宽胸襟和高境界，在公众中树起"正"和"范"的形象来。

管好他人，则更是一门化腐朽为神奇的综合艺术。它不是简单的"一朝权在手便把令来行"，不是一味的正颜厉色和吹胡子瞪眼睛，不是片面的以会议落实会议、以文件落实文件，不是简单的看管、管教和追责，不是毫无原则的你好我好大家好，不是一杯茶、一根烟、一张报纸看半天，不是高高在上、颐指气使，更不是官官相护、公报私仇和顺我者昌、逆我者亡，而是坚持以德服人、以公服人、以正服人、以能服人、以理服人、以情服人、以勤服人、以绩服人，鼓动民众、带领民众、服务民众、成就民众。它是"其身正，不令而行；其身不正，虽令不从"的生动实践，是"大其心容天下之物，虚其心受天下之善"的真心操练，是"兼听则明，偏信则暗"和"于安思危，于治思乱"的踏实躬行，是"爱人者人恒爱之，敬人者人恒敬之"情理的始终遵守，是"好风凭借力"和"四两拨千斤"的力学巧用，是"大音希声，大象无形"效果的奋力追求，是让所引领的民众在自己实施的管理中，齐心协力，高效做事、愉快做事、享受做事和做好预定的事。唯有这样，官的本意才能得以真正诠释，官的水平也才能得以真正的体现。不然，即便当了官，也会落得个"庸官""昏官""莽官""贪官"等等的骂名，不是被民众所蔑视、所唾弃，就是导致出官逼民反和众叛亲离。

马上摔死英雄汉，河中淹死会水人；万恶皆自大意起，千好都从"管"字来。"官"，是永远离不开"管"的，既连接着"管"，又实施着"管"。一个人如果既不愿管，又不服管，还不善管，就不要成天想着去当官。当了官，就要下好"管"的功夫、作好"管"的文章，不然，位爬得越高，权谋得越大，名传得越远，只会摔得个越惨。

◁》"官"与"管"

"和"与"合"

> "和"影响着"合"、促成着"合"，"合"来源于"和"、蕴含着"和"；"和"与"合"还能组合成"和合"词语，形容和睦同心、和谐同行。

"将相和"的故事，虽然发生在近 2500 年前战国时期的赵国，但迄今依然被人们传为佳话。它说的是，赵国舍人蔺相如因完璧归赵、渑池之会的出色表现而被赵王封为士大夫，位列战无不胜、攻无不克的老将廉颇之上。起初，廉颇对蔺相如很是不服，放言要对其予以羞辱。蔺相如却以社稷为重，并没有理会和计较。蔺相如的表现感动了廉颇，并意识到自己的不对，便主动向蔺相如负荆请罪。后来这两位文武大臣变得情深义重，齐心效劳赵王，让赵国不受外敌的欺负。

这则历史故事，让我联想到了"和"与"合"的组合给人们带来的诸多益处。

在"和"与"合"的搭档中，"和"主要是指相安、谐调、平静、平息等意，拥有讲和、温和、祥和与和美、和顺、和睦、和善、和悦等思想；"合"则是想到一起、凑到一起、连到一起、走到一起的意思，拥有汇合、联合、融合、组合和合伙、合作等意

61

义。"和"与"合"不仅发音相近，而且其各自表达的意思还颇有关系："和"影响着"合"、促成着"合"，"合"来源于"和"、蕴含着"和"；"和"与"合"还能组合成"和合"词语，形容和睦同心、和谐同行。

"和"与"合"，应该是一对很受人们欢迎的组合。因为，它们各自的要义一旦体现在人们的思想和行动，所处的环境让人舒适，所在的氛围令人欢悦，所得的感受舒畅淋漓，所表达的话语轻松投机，所做的一切也都自然称心。

其实，"和"与"合"在任何情况下都是一种最佳的搭配，都会给人类带来福音。搭配到国与国的交往，世界安享太平；搭配到民族与民族的交流，人间欢乐祥和；搭配到人和自然的相处，人类便有永续的依存，世间的万物也可协同而存。将"和"与"合"的理念贯穿于国家和社会的治理，则会政通人和、人伦和谐；贯穿于治家，则会互尊互爱、家和万事兴；贯穿于生意场，则会和气生财、财源广进；贯穿于事业中，则会众星拱北、如沐春风；贯穿于与人的交道中，则会人我愉悦、互帮互助。

人在世上，都不是孤立的存在，都要与他人、与社会、与自然发生这样或那样的关系，就不能少了"和"与"合"。"一块砖头砌不成墙，一根木头盖不成房""一个篱笆三个桩，一个好汉三个帮""一箭易断，十箭难折""二人同心，其利断金""三个臭皮匠，赛过诸葛亮""团结就是力量""众人拾柴火焰高""人心齐，泰山移"等金句良言，无不说明着"和"与"合"对人之重要。一个人如果还要活出个有滋有味、有声有色和有情有义，则更需要"和"与"合"。从古至今，但凡那些事业有成者都不是仅靠个人奋斗的，而是将自己的主张与抱负在尽可能多的理解、认同、支持与配合中来实施，营造出有利的天时、地利与人和。

但"和"与"合"的喜人局面从来就不会自发产生，而是要靠人的努力去构建、去创造，尤其是要在"和"字上下功夫、花气力。

要多修尊重之德。把尊重修炼成一种习惯。要视尊重领导或长辈为天职，视尊重同事或同辈为本分，视尊重下属或弱者为风度，视尊重他人或朋友为常识，视尊重不同或差异为包容，视尊重对手或敌人为大度。有了对人待物的尊重，才会有别人对己的尊重。

要多养平和之心。头脑要清醒理智，不以物喜，不以己悲，不盲目乐观，不意气用事。眼界要高瞻远瞩，既看眼前更看长远，既想自己，也想他人，更想大局。心态要平和安宁，做到争其必然，得其淡然，失其坦然，顺其自然。心胸要宽宏大量，听得进不同声音，看得惯不同颜色，嚼得好不同滋味，容得下不同种类。

要多持中庸之尺。处理问题，不是不讲原则地和稀泥，不是简单的你好我好大家好，不是片面的折中调和，也不是不分是非各打五十大板或各赏十块大洋，更不是唯我独尊、为所欲为，而是公道正派、公正公平，不偏不倚，恰如其分，恰到好处。

要多行和善之举。说话做事，设身处地，将心比心。对待强者，不卑不亢；对待弱者，慈悲为怀。用双赢、多赢、皆赢的理念与人共事，以关心、关爱、信任、平等、协商的姿态同人相处。

世界是复杂的，人心是多样的，差异是常态的，矛盾是常有的，但相互依存、相互发展却是必需的。只有把"和"与"合"装在心中，并认真践行，复杂就可变成简单，矛盾就可变成统一，所遇的环境就会"美美与共"，所谋的事业就会无往而不胜。

◁))"和"与"合"

"话"与"化"

> 话能有化方有力，语必关风始动人。将"话"连着"化"，更不是令人讨厌的假话、大话和套话，而是拥有了信度，富含着厚度，携带着温度，充满着黏度，呈现出春风化雨的效果来。

　　能说话、会说话、说得好话，是开展好人际互动的基本功。说话是有讲究的，不可胡言乱语、妄言妄语，也不可无的放矢、无关痛痒，让人不知所云，而是应拥有"化"的效力。由此，笔者便自然想到了"话"与"化"的关系。

　　"话"，言也，是从口中说出来的能表达思想感情的声音，是人类最重要的交际工具。只要不是先天的残疾，一个人从妈妈的肚里呱呱坠地之后用上一至两年的工夫便能说话，并且随着身心的发育和自身的操练而变得不断丰富起来。"化"，当然是指事物性质或形态（态度）的改变与变化或人的心理和想法起了变化。孤立来看，"话"与"化"，仅仅只是同音字，各自的意义风马牛不相及。但从说话的目的与功效来考量，要说有效的话则不能不考虑"化"，不然再多的话也不能说服人、感化人，也都只能是胡话、废话。从这个角度来思量，"话"就是"化"的前提,"化"则是"话"的目的。只有明了这层关系,我们所说的话才可称为是最好的表达,而且会引起所希望的变化。

在现实交往中,却有那么一些人并不明白"话"与"化"的关系,只顾一吐为快,从不考虑所说的话会引起的后果,所说的话不是没有使人产生积极的影响或变化,就是让自己的形象变得丑化,与人的关系还变得恶化。他们要么没有目的而说话,说了一大堆,甚至说得口干舌燥,却让人云里雾里、不得要领;要么不看对象而说话,遇到画家说书法,碰到书法家讲画画,总让人匪夷所思、啼笑皆非;要么不分场合而说话,严肃的话题开玩笑,轻松的气氛玩紧张,总让人觉得是星外的来客、人中的异类;要么不看时机而说话,该说的时候又不说,不该说的时候却说了,让人觉得不是一个瞎操心的"大草包",就是一个乱放炮的"鲁莽汉";要么没有诚心而说话,说得冠冕堂皇,说得虚情假意,说得居高临下,让人觉得受敷衍、受糊弄、受欺骗。他们的话从来没有考虑"化"的效果,顶多就是自娱自乐式的自说自话,不仅没有带来其所希望的变化,相反却使自己变得孤掌难鸣和孤芳自赏。很难想象,这样的人会拥有良好的人际关系;也很难想象,他们会收获成功的人生。

其实,"话"只有与"化"相连,话才是管用的话,才具有交流与沟通的意义。但话要富含"化"的效果,就不能将说话予以随便对待,而是要话中有人、话中有物、话中有理、话中有序、话中有情。

　　要看对象说话。看对方与己的关系，看对方的精神状态，看对方的身份、兴趣点、关注点和理解力。说对方能听懂的话，说对方容易接受的话。跟尊长说话尽可能多听少说，与晚辈说话要充满爱心。伤心的事不可想说就说，欢喜的事也不可随性而说。

　　要实在地说话。不可空洞说教，不可凭空捏造，也不可让人如坠云雾，更不可无事生非。讲一件事，就要让人明白，是什么时间，什么地点，什么人，发生了什么事，产生了什么效果，为什么会是这样，有什么意义，该如何对待。让人觉得客观实在，可感可触，容易理解，轻松领会，也便于作出相应的回应和举动。

　　要有理有据地说话。看法的阐述、态度的表明，不是信口开河，不是故作高深，更不是强加于人，而是持之有故、论之有据，符合事情的真相，符合事物的客观规律，符合人们的是非观念，符合社会的公序良俗。让自己的观点立得住、站得稳，使人觉得言之有理，不信不行，不服不行。

　　要有条理地说话。不可想到哪说到哪，海阔天空，不着边际，而是有头有尾、有始有终、有散有合、有分有总、有因有果。不管是叙述还是议论，都要尽可能让人弄清你的思维脉络和起承转合，并沿着你的思路领悟你的表达。

　　要有感情和艺术地说话。批评的话关心着说，命令的话商量着说，生硬的话柔软着说，冰冷的话加热了说，吓人的话思量着说，伤人的话不能说，发生过的事客观地说，紧急的事慢慢地说、清楚地说，没把握的事谨慎地说，猜想的事也不可想怎么说就怎么说。

话能有化方有力，语必关风始动人。将"话"连着"化"，话就不是废话，更不是令人讨厌的假话、大话和套话，而是拥有了信度，富含着厚度，携带着温度，充满着黏度，呈现出春风化雨的效果来。

◁)) "话"与"化"

"荒"与"慌"

要避免"慌"的心理，平时就应勤劳、勤奋，不让行动撂"荒"，不让思维撂"荒"。常思"本领恐慌"，常想"能力不足"，常行"勤能补拙"，朝着确立的目标早打基础、常做准备，做到冬练三九，夏练三伏。

北宋时候，有一个画竹子的高手，名叫文同。为了画好竹子，不管是春夏秋冬，也不管是刮风下雨，或是晴天阴天，他都常年不断地在竹林里钻来钻去。由于长年累月对竹子有了细微的观察和研究，竹子在不同天气与季节的形状、颜色和姿势，他都清清楚楚，所以画起竹子来，根本不用画草图，而是一气呵成，画得形神兼备、栩栩如生。有个名叫晁补之的人，称赞文同说：文同画竹，早已胸有成竹了。

后来，"胸有成竹"就成了一句成语，用来比喻人们在办什么事情以前，早就做好了相关准备，心里有了谱，实施起来便井然有序和从容沉着。

这个故事也让人从相反的角度想到了"荒"与"慌"之间的相互关系，及其对人对事之危害。

"荒"，废弃也，冷落也，缺乏也，常引申为平时该学习时不学习、该劳动时不劳动、该工作时不工作、该准备时不准备。而"慌",则是一种不踏实、无把握、不稳定的心理状态,常描述为恐慌、惊慌、心慌、慌乱、慌忙、慌神、慌张等,是一种不利于把事情办好的心绪,也影响着人的自信,属于一种负面心理。"慌"的这种不好心理不是天生的固有,往往是由于平时不重视学习,到用时就慌神。从这个层面来说,"荒"是"慌"的成因,"慌"是"荒"的结果。要避免"慌"的心理,平时就应勤劳、勤奋、不让行动撂"荒",不让思维撂"荒"。

在现实生活中,正常的人都希望自己拥有才艺、才学和才能,并能得到最好的展示、展露和发挥,也十分羡慕那些为人处世周密、周到、娴熟、自如的老道人士。可总有那么一些人愿望归愿望、羡慕归羡慕,不到用时不着急,不明白"荒"与"慌"的关系,要么平时不是好逸恶劳,就是游手好闲;要么虽想造就与提高自己,却"三天打鱼,两天晒网"或是"一曝十寒",不想花气力、下功夫;要么热衷于"吃老本",情况发生了变化却不愿意与时俱进,停留于现状。诸如此类的这些人,平时优哉游哉,事到临头心头发慌、乱了方寸,即便蒙混过关,日子也是过得极其不踏实,发出"机遇来了逮不住""书到用时方恨少""技需现时却没有"等"马后炮式"的悲叹。这样的人只会在心慌意乱中度日,不是一事无成,就是业绩平平,永远不可能得到人们的尊重。

文同的竹之所以画得那样活灵活现,是因为他平时对竹的反复观察与体悟。那些难不住、考不倒的"学神""学霸",那些古今中外信手拈来、娓娓道来、妙趣天成的演说大师，那些挥洒自如、滴水不漏的能工巧匠，那些神闲气定、轻松自如地应对各种急事、难事的高人，那些挑战生命极限却"胜似闲庭信步"的冒险家、探险家，那些临危不惧、急中生智的大智大勇者，给人的印象似乎都是一般人不能高攀的天才和怪才，其实他们是典型的"台上一分钟，台下十年功"，是百分之一的灵感加上百分之九十九的勤奋，是将别人喝咖啡的工夫全都用到自己所从事的事业上，是闲时从不荒废、荒疏、荒置、荒芜、荒凉自己的宝贵年华。他们的成功轨迹无一例外地是从来不搞"临时抱佛脚"和"口渴才掘井"，而是平时不"荒"，用时不"慌"的镇定自若。

俗话说，功夫不负有心人，有多少耕耘就有多少收获，没有人能随随便便成功。古语云，不经一番寒彻骨，哪得梅花扑鼻香？达·芬奇也曾经说过，勤劳一日，可得一夜安眠；勤劳一生，可得幸福长眠。要想拥有真才实学，养就淡定从容、泰然自若的处世风度，获取事业的成功，唯有早谋划、早准备，做到未雨绸缪，功夫下在平常时，努力用在不忙处。"少壮不努力，老大徒伤悲""家有余粮心中不慌""腹有诗书气自华""艺高人胆大"等哲言警句讲的也是这个道理。

"荒"与"慌"，是一种平时无准备而事急瞎张罗，是"平时工作不努力，将来努力找工作"的翻版，是一种因果循环，是对那些只想出彩不想出汗、只想出奇不想出力者的辛辣讽刺。明白了这一点，我们就要在人生的道路上规避"荒"与"慌"

的规律，常思"本领恐慌"，常想"能力不足"，常行"勤能补拙"，朝着确立的目标早打基础、常做准备，做到冬练三九，夏练三伏。功夫到了家，胸中有丘壑，说话有底气，遇事有章法，自信自然来，不仅不会滋生"慌"的负面心理，反而养就了为人处世的练达和老道，彰显出魅力四射的精气神。

🔊 "荒"与"慌"

"积"与"急"

人生当有"积"与"急"，当"急"不急会坏事，应"积"不积难成事，但何时何事当去"积"，何时何事又该"急"，着实考量着人的智慧，也折射着人的境界。要懂得事情的轻重缓急，清楚事物的运行规律，并做出相应的行动，做到当"积"必须"积"，应"急"不含糊。

曾经有两个爱画画的孩子，都颇有天资。其中一个孩子每画一张就要母亲将画贴在家里的墙上，好给客人们看，以获取别人的称赞。另一个孩子则将所画的每一张画都扔进废纸篓，不管是满意还是不满意。三年之后，第一个孩子举办了画展：满墙的画，色彩鲜亮，构图完整，人人称赞。第二个孩子没办过展览，所有人都只看到他手头尚未画完的那一张。但在三十年以后，第二个孩子的画却横空出世，震惊了画坛。到了这个时候，人们已将第一个孩子的画慢慢淡忘，而对第二个孩子的画大加赞赏，认为他的画功底深厚，经看、耐看。

近日，读到这则故事，心中颇有感触。人们之所以后来对第一个孩子的画不感兴趣，是因为孩子的"急于求成"，没有沉淀自己的画画技巧，随着时间的推移，自然会被人们所遗弃。

相反，第二个孩子埋头于基本功的积淀，不到火候不显露，厚积而薄发，其画技已达炉火纯青的地步，经得起品味和端详，自然便会赢取最后的掌声和鲜花。

是啊，在这个世界上，但凡有上进心的人，都是会去追求事业的辉煌和成功的荣耀的。但在追逐的过程中，有些人却像第一个孩子一样，热衷于立竿见影和立马见效，急于表现、急于求成、急于抢先，享受着短暂的快感，痴迷于眼前的名利，却不愿像第二个小孩一样扎根千里，积蓄力量，默默忍受无人问津的孤寂。结果是第一个虽有所得却是得之皮毛，虽有所誉却是誉之瞬间，经不起过细的考量和历史的检验。

由此，让我联想了"积"与"急"对人对事的影响。

"积"，其基本含义是聚集，是一点一滴的汇聚、一分一厘的积攒，是一种坚持不懈、持之以恒的行为方式，是一种脚踏实地、埋头苦干的精神状态。"急"，既有立马行动、雷厉风行的意思，也指不踏实、不安分的外在表现和急于求成、轻浮急躁的心理。表面上看，"积"与"急"似乎风马牛不相及，但在成事的道路上，"积"与"急"始终是每一个人必须要做出的选项，什么时候选择"积"，什么时候需要"急"，着实有所讲究，并决定着最后的较量和结局。

有了想法和蓝图，就要立即行动，争取尽早、尽快把梦想化为现实。这种表现虽说是一种"急"，但却是一种好作风、好品质，有利于工作的推动，有利于事业的发展，什么时候都要有所倡导、有所坚持。尤其是对待那些勇立潮头、抢占先机的事情，更需要这种"急"，要有"慢不得""等不起""坐不住"的急切，用"一万年太久，只争朝夕"的态度来对待，不可只有"空想"和"唱功"，不可被动地等待与观望，不可有任何拖延和迟缓，不然永远只会是起个大早赶个晚集。

但到了事物的处理过程中，却是不能急手急脚的，而是要"急"而不乱、"急"中生智，遵循其运行规律，不能为了抢时间、赶进度，就搞得毛毛糙糙、大而概之，该到的程序不到，该打磨的地方不打磨，该下的功夫不下，只求过得去，不求过得硬。如果是这样，即便按时或是提前完成了任务，也可能是质量不过关或留有安全隐患。现实中的那些"豆腐渣"工程，那些用不了多久就报废的生产生活用品，多半就是偷工减料、掺杂使假、粗制滥造而弄出来的，最终是害己害人害社会。这是"急"的危害，是"性急吃了热豆腐"惹出的祸，是要努力避免的。

至于那些中长期规划的实施，那些知识和技能的打造，那些好习惯的养成，那些长远事业的造就，更是不能"急"，而是要下好久久为功和日积月累的功夫，做好"积"的文章，积跬步以至千里，积细土以至山丘，积小流以至江海，积小能以至大能，积小变以至大变，积小胜以至大胜，积小成以至大成，创造出绳锯木断、水滴石穿和金石可镂的奇迹来。这样的情形，是来不得任何急功近利和一曝十寒的举动的。不然，只会半途而废和前功尽弃，或是导致功败垂成和功亏一篑的遗憾。

人生当有"积"与"急"，当"急"不急会坏事，应"积"不积难成事，但何时何事当去"积"，何时何事又该"急"，着实考量着人的智慧，也折射着人的境界。它不仅需要我们对所处的世界有比较客观的认识，还需要对自己有比较清醒的了解，知道自己想要什么不要什么，明白自己能干什么不能干什么，要懂得事情的轻重缓急，清楚事物的运行规律，并做出相应的行动，做到当"积"必须"积"，应"急"不含糊。唯如此，也就把准了生命的要义和人生的节奏，活出个无悔，活出个满意的自己。

◁)) "积"与"急"

"积"与"绩"

> 不积跬步，无以至千里；不积小流，无以成江海。不"积"肯定无"绩"，小"积"只会得到小"绩"，常"积"才可能拥有大"绩"。要想"绩"必须"积"，是一条最原始最朴素也是最简单的真理。

俗话说，"一分耕耘，一分收获"，"台上一分钟，台下十年功"。荀子在《劝学》中谈道："积土成山，风雨兴焉；积水成渊，蛟龙生焉；积善成德，而神明自得，圣心备焉。故不积跬步，无以至千里；不积小流，无以成江海。"这些俗语哲言，说的是任何成绩的取得都不只是仅靠美好的希望就可以达到，而是要靠平时一点一滴的积累，道出了"积"与"绩"的辩证关系。

"积"，是累积、汇聚、聚集，是一种行动、劳作和付出的过程，是一个动词；"绩"，是功业、成果、绩效，是一种获得、状态和结果，是一个名词。从表面上看来，"积"与"绩"，是两个风马牛不相及的同音字，但在人类的生活实践中，它们之间又有着必然的因果关系："积"是"绩"的准备、前提和基础，是量的积聚；"绩"是"积"的成绩、成效和成果，是质的变化。不"积"肯定无"绩"，小"积"只会得到小"绩"，常"积"才可能拥有大"绩"。

要想"绩"必须"积",是一条最原始最朴素也是最简单的真理。

"积"与"绩"的关系比较容易被人所理解,但在具体实践中以怎样的"积"来获取何种"绩",却很有讲究,也折射出人的境界和品位,同时也决定人的命运和结局。

"脚踏西瓜皮,滑到哪里算哪里",没有前进方向和目标的人,是行尸走肉的人,不属于"积"与"绩"的谈论范畴,也无足挂齿。这种人的存在,仅仅只是一个糊涂的生命。

"只羡鱼,不结网","只打雷,不下雨",成天想着奇"绩"的出现,却从不付出、从不积累的人,要么就是"思想的巨人,行动的矮子",要么就是好逸恶劳、好吃懒做之徒,各种成绩永远不会降临到他们的头顶。

有些人虽然明了"积"与"绩"的关系,但对"绩"的理解却十分狭隘和自私。他们把"绩"看成只是个人名利的充分满足,却不问所求之"绩"是否合乎国家和社会的评判,在平时的"积"中也是一件一件地做、点点滴滴地累,甚至还是不择手段地"刻苦勤奋"。像盲目追求的政绩工程、形象工程,像以牺牲环境为代价的 GDP 增长率,像不顾社会效果所设定的关注率、点击率、收视率、阅读率,像纯属中饱私囊的家财万贯、出人头地、光宗耀祖,等等,"积"得越努力,"绩"得越显赫,给他人造成的损失就越多,给社会造成的影响就越坏,给国家造成的危害就越大。那些贪官污吏,那些欺世盗名之士,那些制假贩假之人,那些坑蒙拐骗之徒,都是属于此种范畴。这种人的结局要么会受到社会的谴责和唾骂,要么就会受到法律的制裁成为人民的罪人。

"良好的愿望一旦付诸行动，就会变得神圣。"只有那些把"绩"的设定同人民的利益相连、把"积"的方法同道德良心挂钩的人，才会受到社会的广泛欢迎和高度赞扬，得到人民的无限崇敬。从基础知识、基本公式重新学起，扎扎实实、步步推进，最终提出万有引力定律、牛顿运动定律的"近代物理学之父"牛顿；50余年始终在农业科研第一线辛勤耕耘、不懈探索，最终成为"杂交水稻之父"的袁隆平；从工作伊始，40余年矢志不移地从事生药学研究，最终因发明战胜疟疾疾病的双氢青蒿素而获得诺贝尔医学奖的屠呦呦；等等，就是这种践行利人利社会的"积"与"绩"定律的典型代表，他们"积"的作风是一种榜样和力量，他们的丰功伟绩也将会永载史册。

"勿以恶小而为之，勿以善小而不为。""积"与"绩"虽有必然的联系，但是社会所推崇的"积"应是积功、积德、积善、积学、积识、积能的"积"，而且要主动地"积"、不断地"积"、点滴地"积"；"绩"不一定是惊世之"绩"，但至少不要损害他人，起码是既利己又利人的良"绩"。追求成绩的人还应有理想、有抱负，不满足于一般的"绩"，而是要在推动社会发展和文明进步的进程中放眼杰出、追求卓越、向往卓著，去取得一个又一个优良的"绩"。

◁» "积"与"绩"

"基"与"机"

　　"万丈高楼平地起"，"机遇总是留给有准备的人"，"基"础的好坏决定着"机"会的多少，没有一定的"基"础，即便天赐良机，也是觉不到、看不清、抓不住、用不上，会被坐失和错过。

　　守株待兔的故事，不知道的人应该很少。它常比喻希望不经过努力而得到很好的运气，结果幸运之神就是不来敲门，机会总与他擦肩而过。知道爱迪生这个名字的人应该有很多，他是一个伟大的发明家，一生的发明共有两千多项，但他却说是用九十九次的挫折来获取一次的成功。

　　这两个故事让人从正反两面想到了"基"与"机"的奇妙关系。

　　从字面上看，"基"与"机"都是多义字，但"基"多用作基础、基石、基点、基脚来理解，常指成事的起点和缘由；"机"则多作机会、机缘、机遇、时机、转机、契机来解释，常被看作是好运。

　　乍看起来，"基"与"机"是扯不到一块的，但是，"万丈高楼平地起"，"机遇总是留给有准备的人"，从这个角度看，它们却是你中有我，我中有你。"基"是"机"的起始和准备，"机"

80

是"基"的回报和结果,"基"础的好坏决定着"机"会的多少,没有一定的"基"础,即便天赐良机,也是觉不到、看不清、抓不住、用不上,会被坐失和错过。

漫漫人生路,关键就几步。人生的成功是需要"机"的,在特定的情形下,"机"还往往很重要。于是乎,人们普遍向往"机",希望有好的机遇降临头顶。

在现实中,总有一些人并不明白"基"与"机"的这种关联,梦想一夜暴富,或是一举成名,或是一步登天,但却从不做基本功的修炼,从不注意自身素质的储备,要么好吃懒做,要么常怀坏心,要么常做错事,要么常说错话,要么常交错友,要么常用错法,要么就是兼而有之,看到别人有好运、有事业、有成就、有光彩,就得"红眼病",不是埋怨上天的不公,就是怀疑他人在玩"猫腻",滋生出"羡慕嫉妒恨"的负面情绪。这样的人与守株待兔的人没有本质的区别,机遇于他而言只会是满天的星斗可望而不可即,成功也会离他越来越远。

想获取更多的人生出彩机遇,并不是什么坏事,而是一种美好追求。问题的关键是,机遇往往很势利,它只偏爱有基础、有实力、有准备的人,既像天使,会让准备着的人柳暗花明和时来运转;又像小偷,能让不珍惜的人损失惨重和悔恨不已。

古往今来,那些抓住机遇的人,看起来是偶然,实际上是必然,因为他们早已为迎接机遇的到来打下了基础、做足了准备。姜子牙之所以受到周文王、周武王的倚重,是因为其积累了博学多闻和文韬武略。赵国的毛遂之所以敢于向平原君自荐,是因为他有能说会道的实力，有把握前往楚国游说，有稳操胜券的自信。诸葛亮之所以受到刘备的"三顾茅庐"，是因为其精通当世的事务局势，提出了"三分天下之计"，让刘备心服口服。在满清王朝，汉族的曾国藩之所以受到信赖和倚重，是因为除了其平时积聚渊博的知识和显赫的战绩之外，还在于他在"诚""敬""静""谨""恒"五字上的修炼。毛泽东之所以能带领共产党人推翻压在中国人民头上的"三座大山"，并建立新中国，成为人民衷心拥护和爱戴的领袖，是因为其毕生笃志嗜学，熟悉国情，勤于总结，与时俱进，酷爱运动，身强体健，如此等等，说到底，机遇不是上天的主动赐予，而是来源于想要机遇垂青的自己。很难想象，一个胸无文墨、才疏学浅的人会干出轰轰烈烈的事业，一个没有任何创新意识的人会有新的发明、新的创造，一个张嘴说不好话的人会当上演说家，一个下笔不知从何而动的人会成为文学家，一个见人不知如何相处的人会成为人群中的首领，一个遇事不知如何处理的人会成为开拓能手。

天上不会掉馅饼，即便掉，也要起早床，赶早班，不然饼就被人捡了去。世上也没有免费的午餐，即便有，也要不迟到，不误点，不然午餐不是被人吃了，就是早已收摊。没有金刚钻，揽不到瓷器活。古语也云，"君子藏器于身，待时而动"。这些俗话古训，也都从不同的侧面诠释了抓住机遇与发挥自身主观能动的紧密相关。

明白了这些，就要少一点怨天尤人、少一点怀才不遇的哀叹，而是要反观自己，在自身应当具备的"基"上下功夫。要打造出好身体、好体力、好精力、好心态等基本支撑，丰富好学历、阅历、经历等基本资历，练就好认知力、判断力、发展力、执行力、承受力等基本功夫，养就好人气、朝气、胆气、静气等基本要素，造就出上进、务实、好学、勤奋、敏捷等基本品格，把自身迎接机遇的基础打牢夯实。

　　是锥子，总会冒出尖来；是金子，总会闪出光彩。要想当上机遇的主人，就不能被动地"等""看""望"，而是要主动地先把自身基础打牢。唯如此，也就把准了"基"与"机"的要义。

◁» "基"与"机"

83

"俭"与"健"

> 要有健康的"健"，就得不忘俭朴的"俭"，要始终用俭朴的"俭"字来打理自己的生活、事业和家庭。唯如此，"健"才有依托，才有支撑，才可长久。

说及"俭"字，一般的人都会想到节省、节约、节俭和俭朴，想到生活有计划、用钱有节制，不搞大手大脚、不搞铺张浪费。读过一些典籍的人还会想到诸葛亮在《诫子书》中讲到的"静以修身，俭以养德"，想到韩非子谈到的"俭于财用，节于衣食"，想到朱子的治家格言"一粥一饭，当思来之不易；半丝半缕，恒念物力维艰"，想到唐朝诗人李商隐《咏史》中的诗句"历览前贤国与家，成由勤俭败由奢"。那些拥有忧患意识和社会责任的人还会由"俭"想到其对修身、齐家、治国、平天下之重要，将其视为中华民族的传统美德。

除了认同前面的认识，笔者还从这个勤俭的"俭"字想到了健康的"健"字。

将"俭"与"健"两个字联想到一起，不仅是因为两者读音相近，而且它们之间确实存在着很大的联系。从一定意义上说，"俭"本身就是一种健康的生活方式和行为习惯。"俭"的观念肯定是健康的观念，它引领着人克勤克俭、积极向上、开拓进取；"俭"的行为必然是稳健的行为，它能使人仰望星空，也能脚踏实地；"俭"的结果也必定是兴旺，它不仅会带来事业与家庭的兴旺，还会促进人的身心愉悦。于国家和社会而言，"俭"的风气一旦形成，必然会带来国富民安和持续繁荣的喜人局面。"俭"无疑有益于"健"，"健"更需要"俭"的辅助与配合。

"俭"的观念，就是有钱常记无钱日，有物常思无物时。一个人一旦将"俭"字刻进脑海，其思想便能洋溢出各种有利于长远的健康因子。这种人始终明白"攒钱好比针挑土，败家犹如水推沙"的道理，常怀珍惜之情，常念来之不易，常养勤俭之习，具有很强的危机意识和忧患意识，不盲目乐观，不无端忧愁，甜而不忘苦，富而不忘穷，赢而不忘败，喜而不忘忧，强而不忘弱，始终能理性地看待过去、稳妥地操控现在、稳健地面向未来。在某种程度上说，一个人拥有了"俭"的观念也就拥有了长远之计和长治久安的健康意识。

"俭"字一旦转化为人的行动，人生的道路也便矫健起来。这种人不是临渴而掘井，也不是"脚踏西瓜皮，滑到哪里算哪里"，而是未雨绸缪，坐拥今天，不忘昨天，想着明天。这种人的消费开支都会量体裁衣，量入为出，取之有度，用之有节，善于"将钢用在刀刃上，将钱花在正路上"，不会"今朝有酒今朝醉，明日愁来明日愁"，不会寅粮卯吃、坐吃山空，更不会挥霍无度，穷奢极侈，花天酒地。这种人的生活方式兴许是平平淡淡、粗茶淡饭，但却有规律、有节奏、有后劲、有盼头、有希望。这种生活方式也必然有益于人的身心愉悦和健康。

"精打细算，油盐不断"，"节衣缩食，来日无愁"。因为有了"俭"，吃穿必无忧。无忧而干事，轻装少包袱。家旺事业旺，神清气更爽，要想身不健，恐怕也难挡。"俭"的结果，可谓是一举多得，在促进事业家业兴旺发达的同时，着力促使"健"的出现，带来了心安和舒畅，点燃着生命的精气神。

无可非议，正常的人都希望自己过得好、活得健，活出幸福，活出质量，活出精彩，尤其希望"健"字永远陪伴在身。但是，千万要记得，要有健康的"健"，就得不忘俭朴的"俭"，要始终用俭朴的"俭"字来打理自己的生活、事业和家庭。唯如此，"健"才有依托，才有支撑，才可长久。

对"俭"字也不能作片面的理解，它不是小家子气，不是守财奴，不是吝啬鬼，不是抠门，不是要回到从前吃不饱、穿不暖的苦日子。只要从实际出发，只要条件允许，只要有利于发展，该花的还得花，该消费的还得消费，该投入的还得投入。"俭"的要义，只是一种思想和行为的必要约束，凡事都要讲究一个度，不能透支已有，是对现有的珍惜和尊重，是一种着眼未来的思维和行为方式，是一种好的习惯和美的品德。崇尚节俭，对个人，是一种科学的生活方式；对社会，是一种人类的文明。它是生存之要，是发展之基，是持家之本，是安邦之宝,是人之康健、业之安健、家之富健、国之强健的重要条件。

于个人、于家庭,抑或是于国家,要想拥有健康的"健",什么时候都不应丢弃俭朴的"俭"。

◁》"俭"与"健"

“洁”与“戒”

　　要养就洁白无瑕的品质，成为人中的楷模，就更要有所“戒”。要戒除杂念，要戒除陋习，要戒除贪欲，要戒除庸俗，唯如此，人生才能闪烁出“洁”的光芒，照耀着自己，也温暖着他人。

　　如树苗向往阳光，正常的人都向往“洁”。因为凡属与“洁”相联的东西，都代表着干净，蕴含着纯净，能让人放心地接触和使用；凡属与“洁”相联的人，都代表着纯粹，体现着高尚，会受人称颂，令人敬佩。正因为这样，很多人取名也都喜欢沾上“洁”。阳光的到来全凭上天的恩赐，但“洁”的景况的形成却需要人的主观努力，尤其是需要做好“戒”的功夫。

　　由此，笔者便想到了“洁”与“戒”的关系。

　　“洁”，本义是无污染、无尘埃、无杂质、清纯而干净，常引申为做人的单纯、清白、廉洁、纯朴、纯正，可表人或物外观的洁净之态，也指人的心灵美好，是真善美的重要形式，又是公平正义的重要化身，还是人的气节情操的重要形态。

　　“戒”，“警也，从人，持戈，以戒不虞”，指人持戈警戒发生意外情况，防止行为、语言、思想上出现过失，现常引申为戒备、戒严，又指革除、戒除，是对不良倾向和表现的抵制、摒弃，是通过思想斗争和行为修炼来保证正确的取舍，从而符合做人的普遍规范。

"洁"是美好的形象和状态，表示人高雅和高贵的品质；"戒"是思想和行动的把守与防备，是人的一种自律的修为。

将"洁"与"戒"放在一起，不仅是因为两者谐音，更是因为在人生的淬炼中，它们之间有着一定的因果关系："戒"是"洁"的准备，"洁"是"戒"的结果。

在现实中，总有那么一些人并不明白"洁"与"戒"的这种关联。他们要么对自身的前途毫无目标与方向，人云亦云，随波逐流，从来就没有想过要不要"洁"，要不要做人的尊严，更没有想到要对自己作出必要的约束和"戒"的努力；要么向往"洁"，希望在公众中拥有受人赞许的形象，但却不愿下功夫"戒"，欲望无定数，说话无遮拦，行为无边界。这样的人，想要做个纯"洁"之人只可能是一种奢望，其表现不仅不会有"洁"，甚至还会演变成灵魂的肮脏和行为的丑陋，给社会和他人带来这样或那样的损害。这样的人，不会受到尊重和欢迎，只会受到唾骂和唾弃，甚至还会受到党纪国法的惩处，或是社会舆论的谴责。

人生当有"洁"追求。只有把"洁"举过头顶的人，才会活得清醒，心明如镜，知道美丑，明白是非，了解真假，懂得好坏；才会活得明确，清楚自己从哪里来、要到哪里去以及该如何去；才会活得心静，不骄不躁，不烦不乱，不慌不忙，不偏不倚；才会活得心宽，容得下异己，装得下委屈，撑得住痛苦，解得了烦恼，化得了忧愁，耐得住寂寞，守得住清贫；才会活出心善，爱自己，爱别人，爱自然，爱万物，勤以立身，诚以待人，乐善好施，成己成物；才会活出干净，淡泊名利，公私分明，取之有道，不卑不亢，清清白白，坦坦荡荡；才会活出无愧，上不愧天，下不愧地，内不愧心。把思想纯洁、情趣雅洁、行为廉洁、灵魂圣洁看得高过生命的人，即便没有什么惊人的伟业，却也收获了生活的有序，把准了生命的航向，并已站到了精神和灵魂的高处。

人生也当有所"戒"。无"戒"之人，毫无顾忌，肆无忌惮，自行其是，为所欲为，犹如疯狂的魔鬼和脱缰的野马，最恐怖、最可怕、最危险，也最为社会所不容。一个人要想成为合群的人，就得按照群规群约来行事，就得心中有"戒"。要养就洁白无瑕的品质，成为人中的楷模，就更要有所"戒"。要戒除杂念，让生发的想法和念头始终向好向善向上向美，并符合主流、跟上潮流；要戒除陋习，让工作习惯、生活习性、情趣爱好始终合乎秩序，有益于健康，有利于文明；要戒除污染，交有益之友，读有益之书，听有益之声；要戒除贪欲，在名利的获取上始终合乎法度、合乎规矩、合乎情理；要戒除庸俗，向先进学习，向优秀靠拢，活出最好的自己。

人生要行稳致远，确实不能将"洁"与"戒"相分离，而是要对自己高标准、严要求，注重自省、自警和自励，常修做人之道，常怀律己之心，常思贪欲之害，常叩心灵之问，常弹心理之尘，常扫思想之灰，常洁灵魂之垢，常服精神之"钙"，常种仁爱之花，常做利人之事，做到心有所敬、言有所畏、行有所止。唯如此，人生才能闪烁出"洁"的光芒，照耀着自己，也温暖着他人。

◁》"洁"与"戒"

"进"与"尽"

> "尽"，是尽职尽责的"尽"、尽心尽力的"尽"、尽善尽美的"尽"，一个人在为人处世中，做到了"尽"，就是做到了全心全意、至诚至真，不但能催生出所希望的"进"步，而且人生无悔。

在人生的旅途中，常可听到"百尺竿头，更进一步"的鼓励话，也常见"砥砺奋进，筑梦未来"的励志语。芸芸众生，都是期待"进"的，希望学习进深，思想进步，工作进程，事业进取，功名进阶，收获进位，生活进展，最好是"进"得比对手快、比同类优，"进"得顺心，"进"得显著，"进"得风光。

"进"的本义就是向前或者向上移动，代表着发展、蕴含着升级、体现着收成、彰显着活力。物理上的"进"需要冲破摩擦力、冲击力、旋转力、挤压力等各种阻力才能实现。而人生的"进"，从来也不会自然而然和轻而易举，不是走马观花能摘取，不是蜻蜓点水能获得，不是浮光掠影能拥有，不是浅尝辄止能换来，不是三心二意可得到，而是需要克服空想和侥幸，摒弃懒惰与怠慢，去除粗心与大意，需要"尽"得给力。

"尽"，当然不是取之不尽的"尽"，不是山穷水尽的"尽"，也不是江郎才尽的"尽"，更不是同归于尽的"尽"，而是尽职尽责的"尽"、尽心尽力的"尽"、尽善尽美的"尽"，是最全方面的想到、最真诚意的表达、最大智慧的发挥、最大力量的使出、最大可能的利用、最大潜力的挖掘、最大限度的突破、最实作风的保障，是脑力或体力的十分投入，是精力心力的足够保证，是时间空间的充分运用。一个人在为人处世中，做到了"尽"，就是做到了全心全意、至诚至真，不但能催生出所希望的"进"步，而且人生无悔。

"进"，是可喜的现象与动态；"尽"，是务实的风格与作风。"进"与"尽"，除了谐音，各自的意义似乎风马牛不相及。但将其用到人生的打理，它们却有着明显的因果关系："尽"是"进"之因，"进"是"尽"之果；"尽"的力度决定着"进"的幅度，"进"的尺度取决于"尽"的强度；没有"尽"的表现，不可能拥有出彩的"进"的局面与景况。

现实中，并不是所有人都明白"进"与"尽"的这种关系。于是乎，总有一些人成天盼望着"进"步，却不知道或者不愿意在"尽"字上下功夫、花气力。在与人的交往中，盼望着他人总能想着自己，带来这样那样的好处，最好是围着自己转，但自己却从不考虑他人，从不将心比心，甚至待人虚情假意、刻薄无情。在做事中，盼望着事随所愿，拥有最好的结果，而自己要么五心不定、六神无主，身到心不到、手到力不到；要么怕苦怕累、避重就轻，遇到困难绕道走；要么虎头蛇尾、有始无终，沙滩流水不到岸；要么心浮气躁、急于求成，只求虚名，不求实效；要么叶公好龙、坐而论道，就是不付诸切实的行动。凡此种种，都不是"尽"的表现，"进"也只会是虚幻的景象。有这些表现的人，人际必然紧张，事业也只会原地踏步，甚至是"王小二过年，一年不如一年"。

其实，自古以来，"进"的成绩从来就是靠"尽"心"尽"力来促成的。战国苏秦的"刺股"、西汉孙敬的"悬梁"、西汉匡衡的"凿壁"、晋朝车胤的"囊萤"和孙康的"映雪"，正是这般常人难以想象的尽心于学、尽力于读，才换来他们学业的饱满。李白的"铁杵磨针"、王羲之的"蘸墨吃馍"、贾岛的"反复推敲"，正是这般痴迷的尽忠于艺、尽情于技，才换来他们才艺的精进。孔子的诲人不倦、司马迁的忍辱负重，曹雪芹的坚忍不拔，正是这般动人的尽职、尽责、尽敬、尽爱、尽心、尽力，才换来他们艺术的精湛和思想的千古流传。

即便是平凡普通人，要想让"进"字在自己的生命中不断地呈现，也是不能少了"尽"的。教书育人，是教师职业的"尽"；救死扶伤，是医生职业的"尽"；求知若渴，是当好学生的"尽"；一心为公，是为官从政者的"尽"；以服从为天职，是军人的"尽"……总之，是什么角色就按什么角色行事，从事何种行当就按何种行当的运行规律办理，在位在岗在状态，尽职尽责尽心力，不辜负角色的期待，不亵渎职业的操守，用"尽"的要求来对待所从事的一切，即便未能见到明显的"进"象，心中也会升腾出一种无怨无悔的满足。

做到凡事"尽"字以待，也不是那么容易的事。它需要一种好习惯的养成，干一行、敬一行，敬一行、爱一行，爱一行、专一行，专一行、精一行。它还需要一种境界的修炼，做一个负责任的人，不仅对自己负责，还要对历史、对他人、对社会负责。它也需要一种静气的修炼，做到"莫为浮云遮望眼，风物长宜放眼量"。

　　"进"，是近距离向远距离的前行，是浅层次向深层次的靠拢，是低水平向高水平的接近，是低层级向高层级的攀升，它是让人生变得丰盈的必由之路。如果你真心地向往"进"，那就请你不要吝惜该有的投入与付出，去努力践行好"尽"。

◁ "进"与"尽"

"净"与"静"

> 只有人们心灵的干净和心神的安静，外部环境方可拥有真正和持久的"净"与"静"。如果人人拥有了心灵深处的"净"与"静"，环境也必然宜人，社会也必然安定，世界也必然和平。

"悄悄的我走了，正如我悄悄的来；我挥一挥衣袖，不带走一片云彩。"这是 20 世纪中国诗人徐志摩《再别康桥》中脍炙人口的诗句，至今仍被不少人经常吟诵。之所以这样，不仅是因为这句话的诗意满满和婉转动听，更因为它拨动了人们的心弦，表达了嘈杂世界中人们对"净"与"静"意境的普遍向往和共同心愿。

是啊，净，乃干净，清洁，整洁，没有灰尘、没有雾霾、没有废气、没有污染、没有污垢、没有细菌，净的空气洁身健体，净的食物吃起来放心，净的东西看起来舒畅、用起来舒心，一句话，正常的人都喜欢纯净的环境和洁净的物品；静，则是安安静静，没有噪音、没有杂音、没有喧嚣、没有争吵、没有战争，安静的环境，于人"静而后能安，安而后能虑，虑而后能得"，于社会则有利于有序建设与和谐发展，一句话，正常的人谁都愿意拥有恬静的环境与和平共处的世界。

为了"净"与"静"的追求和营造，人们发出过不少声音，做出了不少努力，也取得了不少成果。绿色、低碳、生态、环保与和平环境的努力打造，"宜居城市""美丽乡村""绿水青山""平安地带"的逐渐增多，不能不说是人类的福音，人们多么希望这种态势能够继续延伸、永葆常驻。但这种"净"与"静"还只是人们所处环境的优化和物质层面的不断满足，仍然需要持续推动。

其实，社会更呼唤心灵世界的"净"与"静"。因为只有人们心灵的干净和心神的安静，外部环境方可拥有真正和持久的"净"与"静"。一个人也只有拥有了心灵世界的"净"与"静"，方可站得高、看得远、想得深、谋得实，就会大其心容天下之物，虚其心受天下之善，平其心论天下之事，定其心应天下之变，就会凡事顺其自然，遇事处之泰然，得意之时淡然，失意之时坦然，不存痴心妄想，不违天理良心，不干出格之事，明事理，顺时势，循规律，从而获取成功的人生。如果人人拥有了心灵深处的"净"与"静"，环境也必然宜人，社会也必然安定，世界也必然和平。

时下的社会，生活节奏越来越快，总有那么一些人存在着心浮气躁的毛病，正所谓"不是幡动，也不是风动，是心在动"，大有司马迁所描述的"天下熙熙，皆为利来；天下攘攘，皆为利往"的模样，往往难以用一种心平气和的状态来对待身边的每一个人和每一件事。谈恋爱不能许三生之诺，只图一时感官之快；找工作不能脚踏实地从零做起，而是希望一步到位，平步青云；搞创作不是精耕细作，而是有数量缺质量、有"高原"缺"高峰"；做编辑出版不求精品力作，却求"不好不坏，又多又快"；为人师不能安心授业解惑，却一心寻径敛财；为学不能"寒窗苦读"和"坐冷板凳"，而是祈求一举成名、一步登天；为商不能诚实守信，而是急功近利，搞"一锤子买卖"；为父母不能循循善诱，却只知揠苗助长；为政不能"为民作主""造福一方"，不屑于"利在当代，功在千秋"，却热衷于立竿见影的"政绩工程""形象工程"。诸如此类，都与"净"和"静"的境界相去甚远，是心慌神乱的表现，是内心深处的魔障。这种魔障不利于"净"与"静"外部环境的营造，也无益于个人事业的修成。

　　"守得安静，才有精进"，"心收静里寻真乐，眼放长空得大观"。大凡有所成就的人都是心地纯净、心灵安静的。最为著名的就是毛泽东，他在年轻求学期间就刻意要求自己在长沙最繁华的闹市读书，以培养自己闹中取静的能力。中国现代作家、文学研究家钱钟书先生曾说过："我叫钟书，我的一生都钟情于书。"钟情于书，是需要"净"与"静"的。所以，他总是心无杂念地坐在书斋里，从心无旁骛中获取智慧，从沉心静气中悟出人生的真谛。他和杨绛夫妻俩从容淡定一生，没有功名利禄的羁绊，也未曾想过轰轰烈烈。其一生的格调就是在"净"与"静"中与书打交道，同智者交流，与贤者讨论，书写了常人无法想象也难以企及的波澜壮阔，成就了高山仰止的风范。

　　心灵的"净"与"静"，不是消极地逃离于尘世之外，不是不食人间烟火，不是教条式、刻薄式的清心寡欲，也不是孤芳自赏和自视清高，更不是沉默寡语和装聋卖傻，而是心底无私的天地宽广，是"千磨万击还坚劲，任尔东西南北风"的淡定，是纷纷扰扰和嘈嘈杂杂中的一种清醒，是马不停蹄和忙忙碌碌中的一种有序，是耐得住寂寞、守得住清贫、经得起风浪的一种心理定力。一个人一旦拥有心灵的"净"与"静"，就会自觉去消除杂念，避免干扰，克服浮躁，去除烦恼，保持真实的自己，看清、看透、看穿、看开、看淡纷繁复杂的世界。但要想真正地拥有，就得不忘自己的初衷，常做心灵的叩问，常弹心里的灰尘，常扫思想的垃圾，常洁灵魂的旮旯，常服精神的"钙片"。

◁》"净"与"静"

"静"与"精"

> 没有静心、静气、静神的养成，没有"结庐在人境，而无车马喧"的宁静心态，就不可能收获思想的精辟、言语的精当、手艺的精湛、做事的精细和作品的精良。

有人曾将人作了形象的分类，认为有德有才是正品，有德无才是次品，有才无德是毒品，无德无才是废品。实际上人还可以分出第五类，即"精品"，这种人，为人是人中的楷模，做事是业内的标杆，是众星捧月的佼佼者。但凡向好向善向上向美之人，都是鄙视废品、痛恨毒品、不当次品、争做正品、追求精品的。然而在现实中，总有一些人的良好愿望是"沙滩流水不到岸"，甚至只是停留在一种美好的奢望中。究其原因，除了禀赋、能力等先后天因素的差异外，关键是心理的修炼还未达到"静"的境界。

经典著作《大学》有言："静而后能安，安而后能虑，虑而后能得。"宋人晁迥在《昭德新编》中谈道："水静极则形象明、心静极则智慧生。"诸葛亮在《诫子书》中告诫："非澹泊无以明志，非宁静无以致远。"也有古诗吟道："心收静里寻真乐，眼放长空得大观。"俗话中也常常说道："守得安静，才有

100

精进。"静,是人安定、思虑、有所得的基础,是滋生智慧、看破纷扰、辨明是非的要件,是养就高雅志趣、实现远大目标的前提,是享受真乐、获取大观的重要因素,是拥有精进、达到人生极致的必要条件。没有静心、静气、静神的养成,没有"结庐在人境,而无车马喧"的宁静心态,就不可能收获思想的精辟、言语的精当、手艺的精湛、做事的精细和作品的精良。

关于"静"与"精"的关系,外国的科学家还做过科学论证。韩国的一项长期跟踪实验显示:长期身处节奏过快、喧嚣的环境,少年儿童易患注意力不集中、多动症等疾症,成年人逻辑推理能力会弱化,主管短期愉悦的细胞会更活跃。美国的脑科学研究也证实:长期守静有利于神经细胞轴突的延长,有利于信息在脑细胞中的存储、分辨、比较与联系,有利于提升记忆力、分析力、判断力与决策力。这些研究也恰恰应验了"静可生慧"和"欲精先得有静,有静方可有精"的道理。看来,静能出精品,"静"与"精"是如影随形的。

然而,在现实的社会中,总有一些人并不明白"静"与"精"的关系,盼望当人中之"精",希望做人上之人,但其内心却总是"树欲静而风不止",不是心猿意马,就是心不在焉,或是心慌意乱,或是心急火燎,就是没有思绪的梳理、冷静的思考和对事物真谛的感悟,总有一种炫耀自己和按捺不住的冲动,很难有凝神聚气的安静时刻。表现在行动上,不是缺乏定力、随波逐流,就是急功近利、投机取巧,抑或是虚浮夸张、制造泡沫。这种人往往只讲结果、不重过程，只求数量、不管质量，只图虚荣、不养内涵。这种人看似成天忙忙碌碌、行色匆匆，忙得无暇留恋路边的风景，忙得无法专心地品一品茶、读一读书，实则是看不清社会的全景、弄不懂生命的全貌，活得既无头绪、又无章法。这种人被杂念干扰，说话大大咧咧，办事毛毛糙糙，弄出的东西兴许是又多又快，但其质量只可能是不好不坏，甚至是废品和垃圾。这种人给人的印象只会是飘浮、杂乱、粗糙、不沉稳、不老练，经不起仔细地端详和认真地考量，又怎能得到别人的敬重和钦佩，更何谈是人中之精品。

纵观历史，但凡那些堪称人类精英的人，无一不是拥有"静"的品质的。那些叱咤风云的政治家，那些观点精辟深邃的思想家，那些有所创造和发明的科学家，那些在各行各业创造伟大业绩的专家能手，虽有这样或那样的差别，但却有共同的特质：从不相信一步登天、一步到位、一夜暴富、一举成名的鬼话，却拥有"不以物喜，不以己悲"和"宠辱不惊，闲看庭前花开花落，去留无意，漫随天外云卷云舒"之淡定，不为滚滚红尘所迷惑，不为花眼时髦所挟持，不为眼前利益所引诱，更不为所谓权威所吓住，而是养就闹中取静、扰中有定的本事，始终朝着既定的方向与目标，静心以思考、静气以待物、静神以经事，将所从事的事业经营到最佳，把自己的人生打理得精精彩彩。

"人皆可为尧舜。"追求精致人生，并不是高不可攀，只要能避开喧嚣，拒绝诱惑，祛除焦躁，做到不乱心、不多心、不分心、不花心，静得下心、定得下神，坚持一步一个脚印，踏踏实实，每个人并不需要超脱凡尘，却能成就非凡。这也正是古人所倡导的"大音希声，大象无形"。

◁)) "静"与"精"

"旧"与"久"

> "旧"中也有富矿石，"旧"中藏有人间的真情。"旧"而有用、"旧"而珍贵的东西，是应该让其不断地延续下去，传之久远，我们应该为之做出必要的努力。做到了这一点，我想也就诠释出了"旧"与"久"的辩证关系。

知道我对"谐音汉字，谐趣人生"的话题感兴趣并写过一些文章，在几个老友的一次小聚上，酒过三巡，大家高兴，要我写一篇《"酒"与"久"》的文字，把朋友见面饮酒与朋友情谊之长久的关系说一说。

老友们的嘱托，我自然不敢怠慢，我思考了好些时日。兴许是我不胜酒力的缘故，对酒的妙味始终只停留在苦烧辣香兼具的层面。只是听到有人说过，如果酒是陈年老酒，香更醇、味更浓。朋友见面把酒言欢，着实令人兴奋，让人有说不尽的话，有利于情感的交流，有助于友谊的深化，也促进血液的循环和心率的加速。在能饮者眼里，酒就是最好的见面礼，酒还是人际交往的最佳道具，酒也是人类的永久话题。但不管是什么酒，饮多了都会醉人，说出一些平时不敢说的话，做出一些平时不敢做的事，甚至喝过头了还会伤及身体和生命。思来想去，就是找不到喝酒还与别的有什么长久关系，要一个不饮酒的人写《"酒"与"久"》，我真不知道从何写起，又该如何写圆。

这却让我想到了另一对反映模糊时间概念的谐音汉字"旧"与"久"，它们之间的关系倒是颇有几分意味。

笼统地看，"旧"，似乎表现的是苍老，蕴含的是过时，代表的是保守，反映的是陈旧，喻示的是落后，是与"新""活""鲜""潮"等字的意义背道而驰的。一般来说，面对"旧"，是要告别的、抛弃的，甚至是要决裂的，不值得怀念和留恋，也没有必要予以坚持和坚守，更不能让其长久地缠绕在自己的周围，固化着思维，遮挡着视线，束缚着手脚。从这个意义上讲，"旧"就不能让其变为"久"。

但仔细琢磨，对待"旧"的东西也不能一概而论，有些"旧"还是蛮有魅力的，总是散发着余香、闪耀着光芒。

一些思想、观念、制度、法则、技艺、文学、艺术、风俗、习惯等，虽然产生于从前，发端于过去，发生于曾经，从时间维度来考察当然属于"旧"的范畴，但迄今却反映着事物的本质，符合事物的运行规律，要么让人赏心悦目，要么有利于社会的有序与和谐，要么推动着文明的进步。这样的"旧"，实则是优秀的传统文化，不管时空如何变幻，都具有顽强的生命力。它们引导和激励着一代又一代人向前、向上、向好、向善、向美，已成为人们赖以生存和发展的金科玉律，成为社会的宝贵精神财富。一个民族一旦认同了这样的"旧"，就如同找到了"魂"和"根"，寻到了"源"和"本"，有了生生不息的良田沃土，有了前行的不竭动力，有了栖息的精神家园。值得欣慰的是，我们的民族早已知道珍视这种"旧"，注意了保护与传承，还出台和实施了《文物保护法》《非物质文化遗产保护法》，从法律的层面让我们及我们的后代都不能忘了这种"旧"，而是要弘扬这种"旧"、发展这种"旧"、享用这种"旧"。

历史的东西也是一种"旧"，是对"自从盘古开天地，三皇五帝到如今"的客观记录。这种"旧"，记录的是过去，警示的是当今，昭示的是未来，让时光的车轮总是滚滚向前。经常翻翻这种"旧"，有利于我们保持清醒，知道是从哪里来，该到哪里去，已到哪一程，又该如何继续走。

还有一种"旧"，它存在于人与人之间的交往。那种老交情、老朋友当属这种"旧"，来源于知根知底和知寒知暖，来源于风雨同舟和患难与共。这种"旧"，往往很纯粹、很纯洁、很高尚，可勾起生动的往事回忆，能唤起愉快的情感体验，是美好的一种"旧"。

如此看来，对待"旧"，是要有所区别的，一味地"砸"和"废"，未免过于简单和粗暴，实属于典型的数典忘祖、愚昧无知，或是喜新厌旧、忘恩负义，是会酿成大错的。

那些"旧"却光照千秋的传统文化，需要我们抱着负责的态度，认真地对待，好好地珍惜。珍惜也不是原模原样、原封不动和食古不化，而是要根据时代的发展与变化，去伪存真、取其精华、剔除糟粕，不断地进行创造性转化、创新性发展，让老树长新枝，使"旧"貌变新颜。历史是最好的教科书，我们应不时地翻看，并把其当作一面镜子，让其呈现出知古鉴今的效果来。那些纯真的旧交情，如果让其任意地中断或终止，实在是一种可惜、是一种糟蹋，应该让其久久地延续下去，不说海枯石烂，不说地老天荒，只求诚恳对待、真心呵护。

"旧"中也有富矿石，"旧"中藏有人间的真情。"旧"而有用、"旧"而珍贵的东西，是应该让其不断地延续下去，传之久远，我们应该为之做出必要的努力。做到了这一点，我想也就诠释出了"旧"与"久"的辩证关系。

◁)) "旧"与"久"

"扛"与"抗"

"扛",是角色的担当,是对行为的负责,也是做人的根本和立世的支柱;"抗",是与私心杂念做斗争,是一种强大心力的锻造,也是一种胆识造就和能力培植。人生在世,要活出个义胆、活出个滋味、活出个精彩,就不能少了"扛",更不可忘了对自身潜意识不健康因素的"抗"。

每每读到那些关键时刻不缺席、节骨眼上不掉链、生死关头敢豁出的英雄故事,看到那些责任面前不推诿、困难面前不低头、阻力面前不退却、危险面前不畏惧、是非面前不含糊的鲜活场景,我的心都会为之一振、情为之而动,心存满满的敬意。

演绎这种故事和场景的主角儿,无疑都是能担当、能扛事的人,往往在最被需要的时刻能挺身而出,发挥出关键的作用,不仅散发出一种蓬勃朝气、昂扬锐气和浩然正气,具有一种独特的魅力,而且给人一种神奇的力量,催人奋进。

由此,也让我悟到了"扛"与"抗"在为人处世中的重要性。

从表面理解,用肩膀承担谓之"扛"。体力强、肩膀厚实,则能"扛";反之,则是虚弱或脆弱的表现。但人们更多的是将其引申为心力之承受，就是心理素质好、耐受力强，经得起风雨、承得住磨砺与考验。而"抗"的意义有多种，最常用的是作抵御、抵制、拒绝、斗争等理解，抵御侵袭、抵制恶习、拒绝诱惑、斗争杂念等。仅从字面看，"扛"与"抗"是没什么关联的。但从一个人的心力壮大和"扛"力提升规律看，它们之间却有一定的关系："抗"是"扛"之因，"扛"是"抗"之果，"抗"的层级与能量往往决定着"扛"的勇气与重量。也就是说，能"抗"得住各种不良因素干扰的人，才可能敢"扛"、能"扛"、会"扛"和善"扛"。对私心杂念没有自觉抵抗力的人，实则是做人责任的缺失，也无所谓"扛"与不"扛"。

现实中，总有那么一些人并不明白"扛"与"抗"的这种关系，羡慕"扛"的风光与魅力，却没有"扛"的行动，更没有"抗"的表现与努力。他们要么事不关己、高高挂起，信奉多一事不如少一事的颓废哲学；要么在重大问题上，三缄其口、默不作声，不说话，不表态，仅作"壁上观"；要么一件事，即使关乎自己，但只要有风险，就不敢站出来，生怕"枪打出头鸟"，知难而退、明哲保身；要么把自己包裹起来，不说真话，而是说一些场面话、客套话和奉承话，言不由衷、阿谀奉承。对待那些貌似超出自己职责范围，似乎与己有关又不完全有关的麻烦事，可以迎上去也可以不过问的情形，更是退避三舍，逃之夭夭。他们虽然眼观六路，耳听八方，但依然鼠目寸光，因为他们从来就不想他人、团体、社会、国家和民族的利益，看到和考虑的只是自己，缺乏责任心，缺乏正义感，缺乏抗争心，缺乏大胸怀，表现得格外圆滑和世故。他们从不在灵魂深处"闹革命"，对潜意识存在的贪图安逸、贪图享受、怕苦怕累、怕担风险、怕遭损失、怕受指责、怕丢脸面、怕得罪人等私心杂念不反思、不检讨，更没有抵制和"抗"的自觉。在关键时刻，他们更不可能有站得出、豁进去、冲得上、拿得下的"扛"劲头。他们兴许会过得平安和自在，但其人生只会落得个平平庸庸，在与不在、有与没有，都难给这个世界带来任何的波澜与好处。

敢扛、能扛、会扛、善扛事的人始终受人尊敬、动人心扉。他们明白自己所扮演的角色和要为之承担的责任，该做的事，顶着压力也要做；该承担的，即使委屈和难堪也要承担。他们敬畏自然、敬爱人类、敬重职业，在什么角色就尽什么责，有一种使命感、责任感、正义感和荣誉感，常想着要扛起该"扛"的事。他们懂自然，懂社会，懂人性，也知道如何去"扛"。他们不信鬼、不怕邪，无事不惹事，遇事不怕事，做事能成事。他们不只数"天上的星星参北斗"，而且"风风火火闯九州，路见不平一声吼，该出手时就出手"，在需要的时候，在关键节骨眼，哪怕赴汤蹈火和粉身碎骨，都会表现出舍我其谁的精气神，在所不辞、当仁不让、敢做敢当。这样的人是大写的"人"，拥有侠肝义胆和古道热肠，心地光明，行为磊落，不仅对己负责，还对他人负责、对团队负责、对社会负责。他们之所以有"扛"的英姿，就是因为平时对各种妨碍"扛"的因素进行经常的"抗"，"抗"自私、"抗"懦弱、"抗"胆怯、"抗"投机、"抗"无知、"抗"

短视、"抗"狭隘、"抗"懒散、"抗"冷漠，把自己修养成有胆识、有情怀、有爱心、有操守，达到无私无畏的高境界。

　　"扛"，是角色的担当，是对行为的负责，也是做人的根本和立世的支柱；"抗"，是与私心杂念做斗争，是一种强大心力的锻造，也是一种胆识造就和能力培植。人生在世，要活出个义胆、活出个滋味、活出个精彩，就不能少了"扛"，更不可忘了对自身潜意识不健康因素的"抗"。

🔊 "扛"与"抗"

"懒"与"难"

> 在人生的道路上，"懒"与"难"从来就是一对极其难看的搭配，而且"懒"是"难"的孽因，"难"是"懒"的苦果。由"懒"而"难"的人，是不可能得到同情的，更不可能受到他人的尊敬。

有两则传说故事，虽其内容为虚构，但却意味深长，颇叫人感慨和深思。

一则，说的是两个懒汉的可笑死亡。曾经一个叫刘大毛的懒人，日子过不下去了，便去投奔邻村的姑父。刚开始，姑父对他很热情，可时间一长，见其懒得出奇，什么事也不肯干，便打发他三张大饼，忍无可忍地将其赶出了家门。刘大毛把装有大饼的包裹吊在脖子上，毫无目标地走着，肚子饿起来了，连解包裹的工夫都不愿花，还巴望着别人来帮忙。正在这时，对面走来了一个头戴斗笠、嘴巴张得老大的男人。"嘿嘿，莫非他也饿慌了，才把嘴张得这么大？"刘大毛这么想着，要他帮其解下吊在脖子上的大饼，并说让一张给他。出人意料的是，斗笠男也是同样的懒得出奇，回答说："你说什么呀，我斗笠的绳子松了，而系起来又是那样的麻烦，所以才张开大嘴，好让下巴去绷紧那绳带啊！"两个懒人凑到一块，你看着我、我瞧着你，你等着我、我盼着你，就是不愿动手做一下该做的事，结果一个活活饿死，另一个因为嘴张得太大而累死。

另一则，说的是一个穷人变成富人的故事。从前，偏僻小山村的一位农夫只有很小的一块田地，但他却非常珍惜，一直都认真地耕种。有一年，他的收成很不好，到了春耕的时候只剩下一小袋种子，他视如珍宝。播种的当天，他生怕遗失了每一粒种子，但还是由于一时的疏忽，一把种子从袋子里漏进了一棵大树下的一个小洞里。农夫心疼不已，拿着铲子，开始在树根下刨挖起来。天气很热，汗水滴了一地，但他还是不停地挖。当终于看到种子时，他却意外地发现种子是掉在了一个被埋着的盒子上。他小心地捡起了种子，又顺便打开了那个盒子。那一刻，他惊呆了，原来盒子里装的是满满的黄金，足够让他过完下半辈子。从那以后，这个贫穷的农夫骤然变成了令远近羡慕的富翁。

这两则故事，听起来似乎有点离奇，也不足为信，但它们却从不同的角度告诫了人们一个道理：懒惰真让人无可救药，勤劳却可换来意外的惊喜。

由此，我联想到了"懒"与"难"的关系。

不管遭遇何种情况，还是做什么事情，不愿动脑筋、下功夫，不想花精力、耗体力，不付出相应的身心投入，无所事事、无所用心，放任自流，是为"懒"。它与"勤"相对，常与"散""惰""怠"连在一起，指精神的萎靡和行为的松懈，表达的是一种消极和颓废的做人状态。一个人一旦染上和养成了"懒"的习惯，往往就会无所作为、无所业绩、无所贡献、无所收获，也就很难活出生命的价值，更难得到他人和社会的欢迎与青睐。

"难"，在这里特指灾难和困难。它要么表达的是由于自然或人为的严重破坏而带来的对生命的重大伤害，要么就是一种处境的艰难或生活的穷困。它是正常人都不愿意看到的窘况、尴尬和难堪，一旦遭遇到，人们都会想尽千方百计去摆脱。

在人生的道路上，"懒"与"难"从来就是一对极其难看的搭配，而且"懒"是"难"的孽因，"难"是"懒"的苦果。由"懒"而"难"的人，是不可能得到同情的，更不可能受到他人的尊敬。

那些各种灾难的降临，除了极少数是由于不可抗拒的天灾，绝大多数都是来自于人的粗心大意，该细心的不细心，该过问的不过问，该履行的不履行，该到位的不到位。一句话，灾难多半是由于人的疏忽懒惰所酿造。至于那些处境的艰难和生活的穷困，除了无法克服的身体残障，也多半是来自于被动的"等""靠""要"，来自于四体不勤，来自于一惯慵懒。

其实，在这世上，只要勤奋刻苦，再大的难也不是难；如果懈怠偷懒，再易的事情也是难。

因为"勤"字当头，司马迁虽遭宫刑，身心痛苦，行为不便，但依然没有阻拦其"究天人之际，通古今之变，成一家之言"；贝多芬晚年患了耳聋，依然没有妨碍其成为伟大的音乐家；张海迪儿时就高位截瘫，依然没有阻挡其成长为中国残疾人的杰出代表。至于拥有健康体魄的人，要改变不如意的现状，只要做到了发奋努力，自然就更不会遭遇什么"难"，而是会迎来人生的不断超越。如果"懒"字当头，在别人眼里都是十分容易解决的事，到了懒人那里却会变得不是灾难，就是困难。懒人待在家里也会惹灾祸，守着金饭碗也会讨饭吃。

俗话说得好，懒惰的人吊死在苹果树下，勤劳的人沙漠上也可种出美丽的花。要想在人生的道路上收获一个又一个的惊喜，什么时候都不可做刘大毛和斗笠男式的人物，而是要学那懂得珍惜、不断勤劳的农夫，克服"懒"的习惯，规避"难"的出现。

◁» "懒"与"难"

"礼"与"立"

《论语》曰："不学礼，无以立。"荀子说："人无礼则不生，事无礼则不成，国家无礼则不宁。"管子曰："礼义廉耻，国之四维，四维不张，国乃灭亡。"礼的作用是毋庸置疑的，人有礼则人立，事有礼则事立，国有礼则国立。

正常的人都是希望自己有所"立"的，只是"立"的层次不一、内容有别。但凡芸芸众生的愿望是内有家室外有稳定的收入，不仅能够养家糊口，而且希望日子越过越好；有更高追求的人不只是满足于成家立业，而且希望自己立经验、立本领、立信心、立口碑，于所在群体中享有威望、受到尊敬，获取精神上的享受；而那些有宏大志向的人则是在前两者的基础上追求立德、立功、立言的人生"三不朽"，希望树立高尚的道德、为国为民建功立业、拥有真知灼见的观点，希望为世人留下伟大的精神财富和珍贵的精神遗产，希望英名永存，不断地被后人忆起、纪念和颂扬。

人的禀赋有好有差，人的能力有大有小，不可能都成伟人，个个都当孔夫子、王阳明、曾国藩、毛泽东式的人物，只要立的目标切合实际，并且无害于他人与社会，就应该得到肯定和赞许。问题的关键，我们应该去靠什么而立？由此我联想到了"礼"与"立"。

《论语》曰："不学礼，无以立。"荀子说："人无礼则不生，事无礼则不成，国家无礼则不宁。"管子曰："礼义廉耻，国之四维，四维不张，国乃灭亡。"这些先人哲语便道破了"礼"与"立"的辩证关系。为了维护统治阶级的需要，先人们所倡导的"礼"多指君君、臣臣、父父、子子，君为臣纲、父为子纲、夫为妻纲和仁、义、礼、智、信的"三纲五常"，强调的是上下有别、尊卑有序和妇道的"三从四德"，礼的内涵拥有一定的局限性和封建性。但不管怎样，礼的作用是毋庸置疑的，人有礼则人立，事有礼则事立，国有礼则国立。

随着时代的发展，"礼"的内涵也在不断地丰富，除表示庆贺、友好或敬意所赠之物以及表示尊敬的态度和动作外，更多是指符合社会整体利益的行为准则。发展到今天，通俗地理解，"礼"并不是繁文缛节，而是文明礼貌、助人为乐、爱护公物、保护环境、遵纪守法为内涵的社会公德，是爱岗敬业、诚实守信、公道正派、服务群众、奉献社会为内容的职业道德，是尊老爱幼、男女平等、夫妻和睦、勤俭持家、邻里团结等为要求的家庭美德，是大家应该共同遵守的社会责任和应该履行的角色义务。

在现实社会中，有些人成天想着"立"，甚至还想着流芳百世的大"立"，但在实际的行动中却无视"礼"与"立"的关系，一切都是以自我为中心，把良心道德抛在脑后，将行业规矩视为儿戏，只讲索取不讲奉献，只讲出名不讲勤奋，只讲享受不讲付出，只讲权力不讲责任，只讲权益不讲义务，做事无底线，什么都敢干，其结果"立"的愿望终只能是愿望而已，即便有所"立"也会成为过眼烟云。那些贪官污吏，那些欺世盗名之士，那些制假贩假之人，那些坑蒙拐骗之徒，就是这种只想"立"不讲"礼"的角色。这些人的结局，不仅无所"立"，还会要么受到社会的谴责和唾骂，要么受到法律的制裁成为人民的罪人。

尚"礼"之人，都会按照社会约定俗成的规矩和秩序来行事，即便天资平平、能力水平一般，也会得到社会的理解、配合与支持，不管大与小都会有所"立"。三国时的刘备，《水浒传》中的宋江，似乎没有什么过人之处，可他们却都是领袖人物，拥有广大忠诚不二、勇于献身的拥戴者，在当时打下了一方天地，干出了一番轰轰烈烈的事业，靠的就是礼贤下士，靠的就是仁和义。当代的雷锋、郭明义等虽在平凡的岗位，却广为社会所传颂，也是因为他们是崇"礼"的楷模。

领导干部的"礼"要求则更高，除了不越道德"底线"、不跨纪律"红线"、不碰法律"高压线"外，还要"严以修身、严以用权、严以律己"，做到"谋事要实、创业要实、做人要实"。孔繁森、杨善洲等领导干部之所以在人民群众中树起了高大形象，并被人们所记住，也是因为他们忠实履行全心全意为人民服务的"大礼"。

　　看来，要想"立"必先"礼"，乃是自古以来的常理。谁违背了这一常理，谁就不可能有所"立"，甚至还会断送身家性命。

◁» "礼"与"立"

"历"与"力"

　　这里谈到的"历",指的是经历、阅历、资历或学历,而"力"在这里特指能力与水平。既要看重"历",更要看其"力",最好是既有丰富的"历"又有惊人的"力",并在用人中做到不拘一格,量才而用,用人所长,扬长避短,各展其能,各得其所。

　　每逢干部调整时常听一些干部私下聊起:这次我们单位提处长应该轮到张某某了,王某某虽然工作能力很强,但是资历浅点,可能还轮不到他。听到这些谈论后,我心中不由纳闷:干部提拔是党组织的事,为何组织上还未动议和走程序,民间却在私底下排出了结果。细细想来,原来这是人们常说的"论资排辈"的观念在作祟。

　　由此,便让人想到了"历"与"力"的关系。

　　这里谈到的"历",指的是经历、阅历、资历或学历,而"力"在这里特指能力与水平。"历"与"力",是我们在识人、选人和用人中必须考量的两个重要因素。"历"与"力"如何权衡,孰轻孰重,牵扯到用人导向,也关乎人力资源的盘活和人的积极性的调动与发挥。

在一个人的成长过程中，拥有"历"确实十分重要。只有亲自学过、亲自见过、亲自做过或亲自经历过的事物，我们对其才有基本的感性认识。随着时间的推移，我们打过交道的人与事也会越多，经验也会越丰富。"实践出真知""不经风雨，怎见彩虹""要想知道梨子的滋味就要亲口尝一尝""要想知道水的冷与热就得亲口喝一喝"等名言俗语，说的就是这个道理。一个人要成长得厚实，就要多实践、多学习、多积累，拥有更多的"历"。一个没有任何"历"或者资历浅薄的人要想一下子得到别人的信赖或看重，恐怕没那么容易，多半会被人判断为"嘴上没毛，办事不牢"。

"历"与"力"不仅读音相同，在彼此所指的意义上也有一定的相互联系，并且存在一定的正相关，但"历"与"力"并不等同。一般而言，"历"得越多，"力"就越大，"历"得越少，"力"就越小。但"历"与"力"，却又不是一回事。拥有"历"，只能说明这个人有所学习、有所经历、有所见识，但并不等于这个人就一定拥有能力。能力是完成一定活动的本领，是一种力量。任何一种活动都要求参与者具备一定的能力，而且能力直接影响着活动的效率。能力需要在学习中催生，在经历中锻造，在见识中提炼，在实践中体现。一个人要想有能力有水平，必须不断加强学习，不断接受鲜活的实践洗礼，必须做到学习与思考相结合、理论与实际相结合。

在现实中，既有"历"又有"力"人，无疑是最受欢迎和尊重的，也肯定是所在单位的中坚与脊梁。有资历没能力、有学历没水平的人确实不少，资历浅能力强、学历低水平高的也大有人在。那些年纪一大把，经历的事情无数，但办起事来总是犯糊涂的人，是资多力弱的人，只能被称作庸人。那些学历上不是博士就是硕士，但处理实际问题却不尽如人意的人，只能算作"高分低能"或是纸上谈兵之徒。而那些资历浅或者学历低但处理事物得心应手的人，却又常常需要接受组织的不断考验。如果在干部选拔中，我们只重资历、年龄、学历，不看实际能力与水平，就会在单位或地方造成"跑学历""比资历""熬年龄""守摊子"等不良风气，妨害工作的推动和事业的发展。单位的运转、事物的发展、科技的创新、社会的进步，最需要的却是人们的"力"。因为只有"力"才有牵引性、推动性和撬动性，才能促使事物从低级走向高级、从落后走向先进、从粗糙走向完美、从野蛮走向文明。只有有"力"的人，才能"吃得开"、担得起、撑得住，也才能让人信服和佩服。但是，"力"不是天生的，"力"需要学习，需要思考，需要实践，需要经历，需要历练。也不是有"历"就自然有"力"的，只有在丰富的"历"中勤于和善于感悟、分析、比较、归纳、总结，善于由浅入深、由表及里和举一反三、触类旁通，做到"吃一堑长一智""温故而知新"，不犯同样的错误，才真正具备解决各种问题的"力"。

弄清了"历"与"力"的内涵、联系与区别，在人力资源管理实践中，我们识人、选人、用人便拥有了遵循：既要看重"历"，更要看其"力"，最好是既有丰富的"历"又有惊人的"力"，并在用人中做到不拘一格，量才而用，用人所长，扬长避短，各展其能，各得其所。唯如此，我们的干部和人力资源管理才可称切中要害、抓住本质，也才能避免"唯资历""唯学历""唯年龄"等片面性，调动和发挥好各类人员的积极性与创造性。

"历"与"力"

"莲"与"廉"

"世人都学莲花品，官自公允民自安"。人要活出干净、活出清爽、活出清白、活出尊严、活出无悔、活出心安，就当植"莲"于心，思"廉"于行，守望着理想、抵制着诱惑、笑迎着苦难、独守着淡然、永葆着初心。一生能如"莲"，一生必为"廉"。

盛夏的傍晚，清风徐来，漫步于莲花池旁，闻着浮动的暗香，神情自然便荡漾出几分惬意和舒适。凝望着池中朝气蓬勃和密密叠叠的莲花，北宋濂溪先生"予独爱莲之出淤泥而不染，濯清涟而不妖"的咏莲名句便涌上心头，也让人联想到了这些年来众多的"老虎"被打、"苍蝇"被拍。

反腐倡廉自然叫人拍手称赞、大快人心，但腐败者也让人大跌眼镜、为之遗憾。落马者中不乏才能干的人物，甚至有曾为国家、社会做出贡献的人，本该享受人们的称颂、爱戴，但因不能像莲一样，清白自守，被"淤泥"所染，最后不得善终，着实叫人扼腕叹息。

由此，我便又推及到了"莲"与"廉"的关系。

"莲"，是夏天水池中常见的水生植物，有着多种别称，譬如荷、荷花、芙蕖、水芙蓉等。莲虽身处淤泥污水中，却能展现给世人干干净净、清清爽爽，并散发着缕缕清香，慰藉着从古至今的人们，博得文人墨客的青睐，寄托清官廉吏的情怀，象征着洁净、高贵、清雅、正直、廉洁。

"廉"，本义是厅堂的侧边，常引申为廉正、清廉、廉洁。《广雅》有言，"廉者，清也"，"公生明，廉生威"。"廉"，自古以来是老百姓的心中期盼，是为官者的精神追求，是国家对公职人员的职业要求。

"莲"与"廉"不仅发音相同，而且寓意紧密相连，它们都有着净、洁、直、清的意思，都是美的品质、美的化身，形虽各异，质却一样，字虽不同，意却一致。人们咏莲、颂莲，大多源于"莲"有"廉"的寓意，实则是歌"廉"、赞"廉"。

莲因洁而尊，人因廉而威。人要做到"廉"，拥有"廉"的威严和威望，就要由"廉"想到"莲"，学莲一样生长，养莲一样的品格。

要像莲一样洁身自好。莲的生长环境，与其他水生植物没有多少区别，都要经受泥中积蓄、水渍浸泡、日晒雨淋、冷热交加、尘沙侵袭、蚊虫叮咬，但它能保持着在泥不泥，在污不污，在水不软，在尘不垢，在世不俗，吐故纳新，趋利避害，茁壮成长，并长得个中通外直，亭亭净植，不蔓不枝，绿意葱葱，开花结子，香远益清。人在世上，谁也不能远离红尘，谁也不能隔绝喧嚣，谁都会遇到困难挫折，谁都会碰到诱惑陷阱，谁都有七情六欲，谁都要经历一些心灵的煎熬，但有些人却逃不过这些磕磕绊绊，成为世俗的俘虏，甚至还留下了"一失足而成千古恨"的哀叹，其中的重要原因就是不能像莲一样地生长，笃定向好、向善、向上、向美。而那些秉承"富贵不能淫，贫贱不能移，威武不能屈"的人，那些具有"良将不怯死以苟且，烈士不毁节以求生"气节的人，那些秉守"贿赂不以动其心，爵禄不以移其志"的人，那些"先天下之忧而忧，后天下之乐而乐"的人，却始终不为光怪陆离的世界所迷惑，总是像莲的生性一样散发出超凡脱俗的气质来。

要像莲一样美丽绽放。莲叶宽大而圆，色呈深绿，雨过天晴，托起一颗颗水珠，晶莹剔透，让人陶醉。尤其是所绽放的花朵，红的似火，白的似雪，粉的似霞，格外光彩夺目。在炎炎的夏季，莲以其独特的魅力装点着世界，给人类带来了美的享受。莲花的高洁，在文人心中占据着重要的位置，被称为"花中君子"。文学史上，在诗词歌赋、散文、小说等领域，都有其不少的芳踪。由莲及人，莲的绽放无疑给人以很多启迪：人来世上，只有活出最好的自己，展示出最佳的状态，方可产生感动；人活世上，只有一尘不染，拒腐蚀而不沾，方可备受钦佩；人立世上，只有给世界增光添彩，不添堵添乱，方可广受尊敬。

要像莲一样默默地奉献。莲，除了给人以美的欣赏，还全身是宝。莲藕、莲叶、莲柄、莲蕊、莲心、莲子、莲房都可入药，具有清热止血、补脾止泻、强心降压、养心益肾等功效。莲藕还可作蔬菜食用或做成藕粉。不仅如此，到了秋天，那些老去了的莲叶还要落到水中，烂在泥里，为来年护花再尽最后一分力量。相比于莲，人之为人，要彰显出生命的价值，也得像莲一样，少张扬多付出，少索取多贡献，在岗、在职、在位、在角色、在状态，尽职尽责，尽知尽智，尽心尽力，尽情尽理，有多少热发多少光，做到"春蚕到死丝方尽，蜡炬成灰泪始干"，让人生开挂，活出个"火焰化红莲"的景况来。

"半塘碧绿半塘鲜，一水清明日月天。早把浊情藏泥里，唯求莲结在人间"，"世人都学莲花品，官自公允民自安"。人要活出干净、活出清爽、活出清白、活出尊严、活出无悔、活出心安，就当植"莲"于心，思"廉"于行，守望着理想、抵制着诱惑、笑迎着苦难、独守着淡然、永葆着初心。一生能如"莲"，一生必为"廉"。

◁)) "莲"与"廉"

"忙"与"盲"

忙，应是有头绪的忙，不是盲目的"盲"；忙，应是有目标的忙，不是盲动的"盲"；忙，应是有重点的忙，不是盲区的"盲"；忙，应是有方法的忙，不是盲干的"盲"。"忙"与"盲"，音相同，意相远，之所以将两者放一起，是因为不在状态的忙，很容易变成盲人瞎马的"盲"，演变为盲目、盲动、盲干和盲点。

在与人的交往当中，总能遇见一些这样的熟人抑或是这样的朋友，不管你愿不愿意听，也不管你听后是什么样的心理感受，他总喜欢说自己最近有多忙，或为生计忙，或为发展忙，或为这忙，或为那忙，几乎是忙里忙外、忙上忙下，忙得没闲陪亲人聊天，忙得没空跟朋友相聚，甚至还忙得无暇吃饭和睡觉，忙得不可开交、忙得不亦乐乎。但当你好奇地追问他一句忙些什么的时候，有的人可以有条不紊地和你介绍他最近所经历过的一些事和所处理过的一些工作，属于真忙，而有的人却是支支吾吾，说不出什么子丑寅卯，说忙其实是一种怵惕作态。但不管何种情形，见面就说忙，总有那么一点不怎么恰当，因为你的忙与别人不一定有关，别人只是与你见面，开心地交谈，并不想知道你是忙还是不忙。

每每想起这种情形，心中便生发出一串的疑问：来到人世间，要活出个人模人样，谁可以不忙？忙又怎样？不忙又怎样？忙需要挂在嘴上逢人就讲吗？忙是不是一个人的价值体现？说忙是否就能在别人心目中树起一个了不起的形象？

由此，也便自然想到了"忙"的要义。

要处理的事情多，无法再顾及别的事，或是面对的事情很紧急，需要紧急处理，均可称之为"忙"。忙，呈现出的只是一个人面对诸多事物的一种事实，是对手头事物的应对过程，是一个人成就事业的必要条件，但它不等同于努力，不等同于勤奋，更不等同于优秀或成功。一个人如果表白自己有多忙，而忙的结果却经不起考量或检验，不仅不能使人触动，还会让人大跌眼镜。在毫无头绪和进展、没有结果与成效的情况下，忙的状况是大可不必公之于众的，不然，标榜得越多，给人的印象越不好，甚至会很糟。

一个人成年以后，在学习、工作和生活中，总要面对很多事情，而且一件接着一件，甚至诸多事情同时而至，都须予以回应。担当社会重任的人，常常还会日理万机，每一件事的处理还得在规定的时间内予以完成。对大多数人而言，忙是一种常态，只是忙的内容、性质、意义不尽相同而已。从来不忙的人，自然便是无所事事之人，其存在的价值也就无从考量，但人的价值真正体现不在忙的表象，而是要看忙的效果。如果忙而不乱，忙而有序，忙而有效，忙而有益，则被看作真忙、会忙、能忙，是办事有能力，是社会的精英，并受人尊敬和称颂；如果仅仅只是眼睛一睁忙到熄灯，眼睛一闭却云里雾里，成天只见忙手忙脚、忙忙碌碌，而看不到忙的成果和忙的质量，则会被视为假忙、乱忙、瞎忙，是生活的无序、处事的低能，顶多只会博取几丝同情，却很难得到社会的认同和赞许。

看来，忙，不仅不需要表白，而且要忙出成效还很有讲究。不然，忙碌的"忙"，就会演变成看不清、辨不明的"盲"，不仅感动不了别人，而且无益于自己。

忙，应是有头绪的忙，不是盲目的"盲"。事情来了不要怕，要冷静地对待、理性地处理，做到背景清、缘由明，了解其本质，弄清其规律。让忙的节奏、忙的措施、忙的途径、忙的效果全在自己的计划里，不搞无准备之忙和仓促之忙。

忙，应是有目标的忙，不是盲动的"盲"。人的时间有限、精力有限，什么都忙既无必要也不现实。一定要根据自己所肩负的使命和所承担的职责来确定该干什么、不干什么，进而决定该忙什么、不忙什么和先忙什么、再忙什么。该忙的事，一件都不能漫不经心；不该忙的事，诱惑再多也要理智脱身。

忙，应是有重点的忙，不是盲区的"盲"。规定时间内的每样事情都是必须要处理的，不能顾此失彼，不能存在盲区。但这些事情却有轻重之分、缓急之别、难易之异，一定要突出重点，抓准关键，攻好难关，做到既弹好钢琴，又统筹兼顾。

忙，应是有方法的忙，不是盲干的"盲"。忙，不等于苦干、蛮干，不等于一味地加班加点，一定要忙而得法。这种法，不是投机取巧，不是推诿塞责，不是拈轻怕重，而是根据不同的情形采取不同的办法，学会合理分配时间和精力，学会忙里偷闲，学会借势、借力和借智。

"忙"与"盲"，音相同，意相远，之所以将两者放一起，是因为不在状态的忙，很容易变成盲人瞎马的"盲"，演变为盲目、盲动、盲干和盲点。人生难得是清闲，与其这样忙来忙去，不如端坐悠闲赏风光。有所作为的人是应该忙的，但应按"忙"的要义而忙。

◁》"忙"与"盲"

"拿"与"纳"

> 人的一生都在"拿",但是要"拿"得符合伦理规范。要"拿"辛勤付出的所得,"拿"等价交换的回馈,"拿"亲朋好友心甘情愿的馈赠,"拿"法律法规或规章制度的许可。通过有讲究的"拿",为吸"纳"、消化做好铺垫,打好基础。所谓"君子爱财,取之有道","拿捏有度,才是真正的智者",应该讲的也是这个意思。

买椟还珠的故事并不是人人都熟悉。

说的是,一个楚国人为了让自己所拥有的珍珠卖个好价钱,便找来名贵的木兰,请来手艺高超的匠人,做了一个包装盒(即"椟")。盒子上刻了许多好看的花纹,还镶上漂亮的金属花边,并用桂椒香料熏得香气扑鼻,俨然就是一件精致美观的工艺品。楚人将珍珠小心翼翼地装进盒里,便拿到市场去卖。在市场很多人被楚人的盒子所吸引,其中一个郑国人爱不释手,出高价将盒子买了下来。可是没走几步郑人又回到楚人的跟前,将盒子里的珍珠取出来说:"先生,您将珍珠忘在盒子里了,我特意回来将其归还。"郑人退掉了珍珠拿着木盒高兴地离去。楚人很尴尬,本以为别人会欣赏他的珍珠,没想到精美的外包装却超过了珍珠的价值，以至于盒子"喧宾夺主"，让他哭笑不得。

后来，买椟还珠便成了固定成语，用来比喻缺乏眼力，舍本逐末、本末倒置或取舍不当。但我却从郑人只买其想买、拿其应拿的潇洒举动还想到了人生的"纳"与"拿"。

从字面上看，"纳"与"拿"都是多义字，但"纳"的基本含义是接受、吸纳，将外来的据为己有或是与之融为一体；"拿"的基本意思则是用手取外来的东西，拽在手上，握在手里，为享用和吸纳作出选择和准备。从其联系看，它们似乎没有什么关联。但从人的成长规律来考察，"纳"与"拿"都是人的必须，并且"拿"是"纳"的前提和过程，"纳"是"拿"的消化和结果。在某种意义上说，每个人身心和事业发展都是通过"纳"与"拿"的循环往复而产生各种各样的变化，或变得越来越符合社会的期待，受到广泛的赞许；或变得越来越离经叛道，不仅前景暗淡，还会招致诟病。

人的一生都在"拿"，但是要"拿"得符合伦理规范。要"拿"辛勤付出的所得，"拿"等价交换的回馈，"拿"亲朋好友心甘情愿的馈赠，"拿"法律法规或规章制度的许可。在此前提之下，还要"拿"中有所选择，"拿"心中的喜好，"拿"身心和事业的必需，"拿"与自己身份的相符，"拿"时尚性和先进性的东西。通过有讲究的"拿"，为吸"纳"、消化做好铺垫，打好基础。所谓"君子爱财，取之有道"，"拿捏有度，才是真正的智者"，应该讲的也是这个意思。那些行稳致远的人，实际上都是能"拿"和会"拿"的高手。

　　但也总有一些人不明白这些道理，只知道一味地乱"拿"却不想能不能"拿"，更不想"拿"了之后会不会烫手，把不该要的要了、不该占的占了、不该拿的拿了、不该得的得了。最后，不仅把自己弄得个"食而不化"和"疾病缠身"，而且毁了前程，坏了名声，失了自由，丧了尊严，甚至误去了卿卿性命。这样的惨痛事例和教训，在现实中可说是举不胜举，当一旦有所醒悟之后，多半已是悔之晚矣。

　　人也必须有所"纳"，在"纳"中方可成长，在"纳"中方可做好。首先，人的生命要得以维持和延续，就要有空气、水分、阳光和食品等基本营养物质的吸纳。人要成为真正的高级动物，还要不断地吸纳知识、技能、经验、理念、思想、文学、艺术等精神食粮，既寻求精神的快乐，又有所发现、有所发明、有所创造。除此之外，人要活出价值，还要有自己的事业，就需要吸纳资金、吸纳技术、吸纳人才、吸纳经验、吸纳建议、吸纳智慧等。

　　但在具体的吸"纳"过程中，有些人获取了丰富的营养，不是身心得到了健壮，就是事业获得了发展，或是两者兼而有之；但有些人却是接受了精神或物质的垃圾，使其身心或事业不是受到污染，就是遭到破坏，甚至导致每况愈下，变得为社会所不容。

　　之所以存在着这两种截然不同的情况，其根本的原因，就是是否注意了接纳中的讲究。如果一味地对外来的东西不分良莠地"兼收并蓄"，接纳的就可能是毒品或是歪理邪说，让人在不经意中中毒；如果对外来的东西予以甄别，并去伪存真、去粗取精、去害留益，接纳的东西才是真正的营养，才有利于成长、有益于做好。

不管有没有意识到，也不管愿意不愿意、自觉不自觉，"纳"与"拿"却始终贯穿于人的生命全过程，并且"拿"预备着"纳"、影响着"纳"、决定着"纳"，"纳"依靠着"拿"、加工着"拿"、消化着"拿"。

但在具体实践中哪样的该"拿"、哪样的不该"拿"，又该如何"拿"；哪样的要"纳"、哪样的不"纳"，又该如何"纳"，却是颇有讲究的，它考量人的智慧，反映人的境界，彰显人的品质。拿捏准了，它才有利于人的身心健康，有利于事业的发展；拿捏错了，它却常使人走向美好愿望的反面，导致不愿出现的结局。

看来，我们什么时候都应谨慎而科学地对待"纳"与"拿"。

🔊 "拿"与"纳"

"盼"与"攀"

> "攀",实际上指的是为心中所盼而努力奋斗,像爬山那样不断地攀登,"盼"是心中的念,"攀"是实在的行,"盼"连上了"攀"方可摘取丰硕的"果"。

茅以升是我国著名的桥梁专家。他曾主持修建了中国人自己设计建造的第一座现代化大型桥梁——钱塘江大桥,成为中国铁路桥梁史上一块重要的里程碑。新中国成立后,他又参与设计了武汉长江大桥。晚年,他还编写了《中国古桥梁技术史》《中国的古桥和新桥》(外文版)等。尽管他已离开人世30年,但他的名字却永远地刻进了中国桥梁发展史。他的成就源于他的善良,源于他从小就希望拥有结实而不垮塌的大桥的盼想,源于他尔后为之的不断努力和攀越。

小时候,茅以升家住南京。离他家不远的秦淮河,每年端午节都举行龙船比赛。比赛的时候,两岸人山人海,河面上的龙船披红挂绿,船上岸上锣鼓喧天,热闹的场面实在让人兴奋。茅以升跟所有的小朋友一样,每年端午还没到,就掰着指头等看龙船比赛了。可是有一年,茅以升因病而没有看成,却听到了因看龙船比赛的人太多把河上的那座桥压塌了的不幸消息。

茅以升想象着那些纷纷落水的男女老少的凄惨景象，心里非常难过。病愈后，他一个人跑到河边，默默地看着断桥发呆，并立下了长大要做一个造桥人的志向，而且发誓建成的桥要结结实实、安安全全。从那以后，茅以升特别留心各式各样的桥。出门在外，不管碰上什么材质和式样的桥，他都要反复观察，仔细揣摩。读书看报遇到桥的资料，他都细心收集，分析比较。他勤奋学习，刻苦钻研，经过不懈的长期努力，终于实现了自己的理想，成为我国当代赫赫有名的桥梁专家。

读茅以升的成长经历，在让我深感敬佩和敬仰的同时，也让我联想到了"盼"与"攀"在人的成长中的作用。

"盼"，当然是指希望、向往、渴望，也常引申为志向、理想和抱负。"攀"，最直接的意义就是抓住东西向上爬，也常引申为朝着目标而不断追求、坚持和奋斗。

单从字面上看，"盼"与"攀"似乎没有什么必然联系，但从其引申的含义看，它们便是人的成长和事业发展的极其重要的助推因素，是人之为人的重要精神支撑，并且"盼"是"攀"的萌发和准备，"攀"是"盼"的实施和行动。一个人生发了心中所"盼"，又按照所"盼"事物的运行规律去行事、去"攀"登、去"攀"摘，一定会有收获的喜悦。茅以升的成功之路，就是在对桥的"盼"与"攀"中铺就的。

"盼"，是一种心理欲望和急迫的心情，也是一种执着的期待和行为指向，能激发人的活力和创造力，助推着人、社会和自然环境的改变，人要为人并有所作为就应该有所"盼"。没有

"盼"的人是不可想象的，只会是酒囊饭袋和行尸走肉。但"盼"的内容，却有雅俗、好坏、善恶、优劣、真假、对错之分。"盼"什么，决定着眼界，体现着作风，折射着品位，彰显着品质，影响着前程。自私自利的人、心怀恶意的人，"盼"的内容不是损人利己，就是歪门邪道，只会为社会所不容。好高骛远的人，"盼"的是虚无缥缈，只会是不切实际的无思乱想。层次低下的人，"盼"的只是感官的满足和物质的享受。务实而又向好向善向上向美的人，"盼"的内容却总是充满着善良、怜悯、体恤、关爱、积极和美好，而且是通过努力能实现的目标，是跳起来能摘到的"桃子"。那些为人民、为国家、为民族有所贡献的人，都是首先心存这种好"盼"的人，很能打动人、感染人。

但是，"盼"就是"盼"，与现实绝不是一回事，要将"盼"变为生动的现实必须做出"攀"的行动。再好的"盼"，如果不按照所盼事物的规律去行事，那它也只会是虚无缥缈的南柯一梦，顶多也就是一番想象。"攀"，是形象的说法，实际上指的是为心中所盼而努力奋斗，像爬山那样不断地攀登，直至到达顶峰，看到所盼的景象。小的、简单的、容易的"盼"的兑现，需要"攀"，只是"攀"的路程比较短、付出的努力不需要太多；大的、复杂的、繁难的"盼"的实现，更需要"攀"，而且往往需要克服比较多的困难，"攀"的过程比较艰辛。有所作为的人心中有大"盼"，并善于将大"盼"化解成相互衔接的一个又一个的小"盼"，然后一段一段地做、一节一节地"攀"，积小成为大成。茅以升深谙此理，有了要为人类建最结实的桥的好"盼"，就始终围绕建桥应具备的素质和要求一件一件去攀登、去攻克。

　　"盼"是心中的念，"攀"是实在的行，"盼"连上了"攀"方可摘取丰硕的"果"。没"盼"的人是可怜的，瞎"盼"的人是可悲的，庸"盼"的人是俗气的，坏"盼"的人是可耻的，虽有好"盼"却无行动的人也是可笑的，只有将好"盼"与勤"攀"结合的人才是务实的、感人的、可敬的。

◁》"盼"与"攀"

"气"与"器"

> "气"影响着"器"的铸就，"气"决定着"器"的大小，小气量者顶多成小"器"，大气量者方可拥有大"器"。要闯出一番干事创业的大"器"，必先养就容纳万物的大气。

曹操成就大器的历史故事，很耐人寻味。

他和袁绍的官渡之战，袁绍的军力远远超过曹操，但袁绍不善于识人用人，最终大败，还吐血身亡。袁绍死后，曹操做的第一件事却是到其坟上哭祭，将袁绍歌功颂德一番，让已投降的袁绍部属无不感动。就在这时，有人查出曹操部下给袁绍的密信，但曹操看都不看就下令烧掉。在被俘人员中，有个给袁绍写过檄文的陈琳，文中大骂曹操，并且骂得很恶毒，曹操不但没有杀他，而且说他文章写得好，是一个难得的人才，予以厚待。

曹操的气度被传为佳话，各路人才都愿意为曹操的事业死心塌地，曹操便在群雄中脱颖而出，成为三国中曹魏政权的奠基人。

对曹操的为人，后世都有很高的评价，连毛泽东都极为钦佩，称赞其是一位了不起的政治家、军事家，也是个了不起的诗人。

曹操的故事，自然也让笔者联想到了"气"与"器"的关系。

"器"是什么？"器"是会意字，中间一只"犬"，四周各张一个"口"，本指狗的叫声。随着时间的推移，"器"的本义似乎已消失，已被假借为器具的意思。而器具却有盛装和容纳之功，所以"器"现常常被引申为才华、才能、才学和事业。如"此人必成大器""那人有庙堂之器""某某大器晚成"等表述中的"器"，就是其的引申之义。

"气"又是什么？气之于人，则是一种精神状态，是看不见摸不着的生命要件。要是说某人没气了，多半是指某人已经失去了生命。气之于人还有大小之别，气小的人难以容人容事，容易血压升高、心跳加快、消化液分泌减少，还常伴有头晕、失眠多梦、倦怠无力、心绪烦乱等症状，这样的人往往"英雄气短"，甚至还会"英年早逝"，健康与生命往往难保，哪还有什么大器不大器可言。气大的人却有海纳百川之胸怀，为人慷慨大方，经得起千锤百炼，身上常闪一股耀人的气象、常生一种诱人的气场，这样的人即便有所挫折，也会逢凶化吉，事业必有建树。

从一个人的才学提升和事业发展规律看，"气"与"器"有着必然联系，"气"影响着"器"的铸就，"气"决定着"器"的大小，小气量者顶多成小"器"，大气量者方可拥有大"器"。要闯出一番干事创业的大"器"，必先养就容纳万物的大气。

一个人拥有了做人的大气，心灵会山高水阔，精神能天地澄明，胸怀可盛世界，心底可装乾坤。大气量的人，想问题顾及长远，看事物不拘一隅；与人相处，能容人之长、容人之功，也容人之短、容人之过，既乐意听取赞同意见，也欢迎反对之声，既不唯我独尊，也不求全责备，更不吹毛求疵，而是求同存异，谋求相互的包容、相互的促进、相互的完善和相互的愉悦；对待利益，不是独吃独占，而是可拿十份，只取其七；对待矛盾和纠葛，不回避，不抵触，不纠结，不抱怨，而是心平气和地予以应对和化解，拥有"渡尽劫波兄弟在，相逢一笑泯恩仇"的雅量。

大气的人，有理想，有格局，有境界，不被浮云遮眼，不为情绪掌控，能冷静地面对追捧，也能巧妙地抵住各种围猎。他们心胸很宽，容得下杂质，开得起玩笑，受得住嘲讽，经得起误会，咽得下委屈，扛得住压力，经得起打击，心中没有解不开的结，眼前没有跨不过的坎。这样的人自然拥有魅力，这样的人不成大器实在太难。其实，纵观古今，横看中外，拥有大气量而成就大器的事例，举不胜举。

汉朝开国皇帝刘邦运筹帷幄不如张良，带兵打仗不如韩信，筹划粮草不如萧何，但张良、韩信、萧何愿对刘邦俯首称臣、赴汤蹈火，就缘于刘邦容人纳贤的感召。刘备，为人谦和，礼贤下士，宽以待人，知人善用，自然赢取了诸葛孔明的"鞠躬尽瘁，死而后已"，造就了其在三国时期的蜀汉大业。

小气者，不可能成就大器。因为他们鼠目寸光，看不到长远，看不清本质，看不见全面，只会被表面现象所左右；因为他们容不下不同意见、风格、色彩、个性和种类，会错失很多的人缘和合作的机会；因为他们斤斤计较，不给别人以任何的好处和余地，让人躲之不及；因为他们记过忘善，睚眦必报，在人生路上不可能拥有真心的朋友。小气者，即便有盖世之才，也往往是好景不长。项羽打仗之神勇，千古无二，但他妒贤嫉能，对有功者害之，对贤能者疑之，最终兵败于垓下，突围至乌江自刎而死。

正反的事例，无不说明"气"与"器"的关联。一个人要想有才华、有事业，并享有令人称羡的大器，就要不断地修炼，变做人的小气为做人的大气，养就宽阔的胸襟，拓宽人生的格局，做到遇事静气，打造出为人处世的蓬勃朝气、昂扬锐气和浩然正气。

◁» "气"与"器"

"钱"与"前"

> 人不能没有钱，但不能为钱而活着；人可以缺钱，但不能缺"前"；人既要看"钱"，但更要看"前"、思"前"和谋"前"。

单从字面上讲，"钱"与"前"是没有什么联系的。

"钱"，学名货币，也泛指钱财，人们可以用它获取所需，得到某种满足或保障。而"前"，意义很多，除了指过去的时间和在先的顺序之外，主要指人所朝向的空间，指前方、前途、前程、前景。

之所以要将"钱"与"前"放到一起来讨论，除了同音之外，更重要的是因为钱的获取与拥有取决于人的价值取向，决定于对"前"的态度与把控。

先说"钱"。它确实是个好东西，能为我们换取心里想要的或者是实际所需的，能改善我们的现行条件，也能助力事业的发展。"有钱事好办，无钱难办事""有钱男子汉，无钱汉子难"，说的都是钱的重要。正因为这样，一般人都喜欢钱，也都希望拥有钱。但有些人却把钱的作用看得至高无上，认为"有钱能使鬼推磨"，钱具有万能的功能，于是乎脑海里装的都是"钱"，眼睛盯着的全是"钱"，不择手段去捞"钱"，成为"拜金主义"，成天被"钱"所困扰、所奴役，结果被钱玷污了灵魂，或是被钱送进了监狱，抑或是被钱带进了坟墓。

再说"前"。它是一种未知，但却是一种充满希望的方向。它也是一种追求，是一种对美好未来的憧憬和向往。一个人一旦朝前看，就是用发展和深邃的眼光看问题，会看到人世间还有比钱更重要的东西。往前看的人，不是不食人间烟火，不是不懂"巧妇难为无米之炊"，也知道钱的重要，但绝不是把挣钱看成是生活的唯一。往前看的人，是"不畏浮云遮望眼"，不会被暂时的困难所吓倒，不会计较一时一地的得与失，会排除各种阻力朝着既定的目标迈进。

"钱"与"前"是不能割裂的。一个人将"钱"游离于"前"之外，人生就失去了梦想和追求，缺乏了灵魂和支撑，会堕落成浑浑噩噩、醉生梦死，钱也失去了源头活水，变成了死钱，并演变成使人欲罢不能的魔鬼。那些把钱看得比命还重的人，那些因钱而锒铛入狱的人，多半只看"钱"不重"前"。一个人脱离了"钱"而谈"前"，就是纯粹的理想主义和空想主义，就是勒紧裤腰带说抱负，饿着肚皮闹革命，"前"就没有了依托和保障，"前"也会演绎成前途坎坷、前程暗淡、前景模糊。那些成天夸夸其谈，而不造就挣钱本事和能力的人就属于此类。这种人，生计都难维持，又何谈事业与前程。

"钱"与"前"结合在一起，"钱"的意义得以升华，"前"的景象变得灿烂。一个人一旦用看"前"的态度来挣钱，便会秉持"君子爱财，取之有道"，使钱与道德相联、与良心结伴、与美好挂钩，钱也就拥有了合理和正当的来路，无钱可以生出钱，有钱可以变出更多的钱，没有铜臭味，却可散发诱人的清香。一个人一旦将挣钱融入看"前"中，"前"就不只是蓝图和计划，而是拥有了动力与生机，"前"会向前、向前、再向前，事业不断有发展，价值不断有攀升。纵观那些事业成功人士，无一不是"钱"与"前"结合的践行者，他们都是为"前"而造力，看"前"而挣钱，有"前"而带来了更多的钱。

"钱"与"前"的关系，还可类比为鸡与蛋的关系。到底是先有"钱"再有"前"，还是先有"前"后有"钱"？这个问题谁都难以给出让人信服的答案。只能说"钱"与"前"互为因果，互相制约，也互相促进。"钱"有助于"前"，也制约着"前"；"前"有益于"钱"，也妨害着"钱"。"钱"与"前"没有矛盾时，两者都应统筹和兼顾，用"钱"助"前"，以"前"生"钱"，实现"钱"与"前"的良性互动。但当"钱"与"前"二者要取其一时，却考量着人的胸襟和格局，检验着人的品位和眼界。眼光狭窄的人看到的只是眼前，会作出杀鸡取卵的选择，舍"前"而求"钱"，而看高、看远、看宽的人却会"风物长宜放眼量"，弃"钱"而选"前"。

具有远见的人对待钱的态度实际上非常鲜明：人不能没有钱，但不能为钱而活着；人可以缺钱，但不能缺"前"；人既要看"钱"，但更要看"前"、思"前"和谋"前"。

◁)) "钱"与"前"

"虔"与"谦"

　　一个人要想真心地将自己的人生装扮得精彩，就不能忘了"虔"与"谦"的修炼，要学会虔诚地关怀、虔诚地赞扬、虔诚地交流、虔诚地合作、虔诚地对待自己的选择，学会谦和、谦让、谦虚、谦逊、谦卑、谦厚，让"虔"与"谦"成为一种自觉，成为一种常态，成为一种习惯，成为一种美好的心理品质。

　　听过多次励志报告，也看过不少名人自传，其中给笔者印象最深的是，但凡成功人士在谈到成功的秘诀时都普遍地认为，成功没有别的诀窍，就是怀着虔诚、恭敬的心和谦逊、谦恭的姿态，将认准的事情认真做、重复做、坚持做。

　　这自然便让人想到了"虔""谦"对人生之重要。

　　"虔"，恭敬、诚敬、诚心、虔诚、虔敬、虔心、虔信之意也，是一种诚恳的态度，是一种发自内心的尊重，也是一种用心和认真的作风。一个人一旦将"虔"字刻进脑海，就会待人对事诚心实意。

　　"谦"，就是做人低调，谦虚谨慎，不自高自大，不自吹自擂，是一种内在的涵养，是一种理性的自我约束，也是一种头脑的冷静与清醒。一个人的灵魂里一旦拥有了"谦"的因子，其人生的道路就会行稳致远，受益无穷。

看来，一个人要想获得精彩的人生，不能忘记对"虔"与"谦"的追求和打造。

然而，在现实生活中，总有一些人成天盼望成功，要么希望一步登天，要么祈求一夜暴富，要么渴望一举成名，但对自己的承诺失言、失信，对自己的选择游移不定，对从事的工作或事业三心二意，与人的交往缺乏真诚，没有半点"虔"的表现；在做人上，忘记了"三人行必有吾师"的古训，只看到自己的长处，看不到自己的不足，听不进不同意见，容不下新生事物，自命不凡，自我标榜，自我陶醉，自以为是，妄自尊大，刚愎自用，没有半点"谦"的影子。这样的人不仅事业上难有成就，而且缺乏人缘、少有人脉，落得个孤家寡人，再美好的愿望只会是"竹篮打水一场空"。

古圣先哲都推崇为人做事的"虔"与"谦"。

孔子曰："人而无信，不知其可也。"庄子曰："真者，精诚之至也，不精不诚，不能动人。"汉代思想家王充在《论衡》一书中也谈到，"精诚所至，金石为开"。这里所谈到的"信"和"诚"，实则等同于虔诚之意，指的是做人的虔诚和真诚。战国时期，郭隗建议燕昭王以"谦"的态度求贤，认为把别人当作老师，那么比自己强百倍的人就会到来；把别人当成朋友，那么比自己强十倍的人就会到来；把别人当成部属，那么和自己能力差不多的人就会到来；如果颐指气使，怒吼呵斥，那么招来的只能是厮役和奴隶。

关于"谦"的重要，古人也多有论述。《尚书·大禹谟》中谈道："满招损，谦受益。"后来，毛泽东主席在文章里古为今用，提出"虚心使人进步，骄傲使人落后"。毛泽东所倡导的"虚心"，就是指的做人要谦虚，不能狂妄自大、忘乎所以。

其实，以"虔"的态度为人经事是开启成功的钥匙，以"谦"的姿态待人接物是走向成功的马达。

春秋时期宋国大夫正考父首次被任命为士时，是低着头走路，再次被任命为大夫时，是弯下腰走路，三次被任命为卿时，身体像伏在地上，沿着墙边走路。此说有些夸张，但正考父以自己的谦虚，赢得了人们的尊敬是事实。在《三国演义》里，刘备就是一个谦虚的人。他为了恢复汉室，三顾诸葛亮的茅庐。他不因诸葛亮位卑而倨傲，而是降低自己的身份，一次又一次地去拜访。诸葛亮终感其诚，为刘备的事业"鞠躬尽瘁，死而后已"。马克·吐温是世界上具有虔诚品质的一位著名作家，因为他的作品朴实而又有深度，最终获得了诺贝尔文学奖。同时，他这种美好的品质还让他赢得了美好、甜蜜而神圣的爱情。具有"杂交水稻之父"称号的袁隆平，就是几十年如一日虔诚地开展杂交水稻实验研究，并且谦虚地取人之长补己之短。

纵览古今中外的成功人士，无一不是拥有"虔"与"谦"的品质的。"虔"与"谦"，是一个人的做人之要、立身之本和成事之基。

一个人要想真心地将自己的人生装扮得精彩，就不能忘了

"虔"与"谦"的修炼，要学会虔诚地关怀、虔诚地赞扬、虔诚地交流、虔诚地合作、虔诚地对待自己的选择，学会谦和、谦让、谦虚、谦逊、谦卑、谦厚，让"虔"与"谦"成为一种自觉，成为一种常态，成为一种习惯，成为一种美好的心理品质。

◁⑴ "虔"与"谦"

"亲"与"清"

> "亲"，是一种感情的融洽，但并不等于你我不分和你我混淆，更不等于你的就是我的、我的就是你的。"清"，是一种做人原则的坚守，但并不等同于板着一副面孔，拒人于千里之外。

记得在 2016 年全国"两会"期间，中共中央总书记、国家主席、中央军委主席习近平看望了出席全国政协十二届四次会议的民建、工商联界委员，并参加了联组讨论。在联组讨论中，习近平就构建新型政商关系作了阐述。他指出，新型政商关系，概括起来说就是"亲""清"两个字。我们的各级领导干部既要真诚坦荡地与民营企业接触，主动了解并解决企业发展的困难，做到"亲"，更要保持与民营企业家之间清白纯洁的关系，做到"清"。习近平关于政商关系的论述，不仅为政商关系的处理指明了方向，而且完全适合和谐人际关系的构建。

从字面上看，"亲"，除了指亲属、亲戚、亲人、亲友等有血统或婚姻关系外，主要是指人与人之间关系距离近、感情好，具有亲密感；而"清"，除了指水或其他液体、气体纯净透明，没有混杂的东西外，主要是指做人的明白、清纯、分寸、廉洁。

要维持好人与人之间的正常交往是始终不能离开"亲""清"二字的。在人际交往中，注意了"亲"，实际上就是对他人的感受予以积极呼应，与人亲近，为他人所接纳；忽视了"亲"，就是只讲原则不讲感情，给人的感受似乎是漠不关心、麻木不仁，即便与人相处，走近却不能走进，相见却难以贴心。注意了"清"，就是注意了头脑的清醒，注意了做人的底线，注意了处事的分寸，保持住纯净的自我；忽视了"清"，就是与人打交道只讲江湖义气，没有任何原则，美丑不辨，好坏不分，只要合乎自己的意愿，就愿意勾肩搭背、同流合污、狼狈为奸。

人与人的交往，不能只要"亲"不要"清"，也不能只重"清"忽视"亲"，而是要始终将"亲""清"二字同时放在心中。

人活世上，不是孤立的存在，总要与他人打交道，与他人产生这样或那样的关系。有些人在这些关系的处理中不仅与他人产生了良好的互动，而且在与他人的互动中既得到长进，从而获得愉悦，又得到理解、配合、支持和帮助，从而获取精神与思想上的启迪、丰富、完善和提升，在他人的心目中还树起了可靠、可信、可亲的美好形象。有些人却在与他人的交道中，把握不准分寸，要么应有的互动不到位，该想的没有想，该说的没有说，该做的没有做，无法与人建立起应有的良好关系，给人的印象是难以接近，也难以开创新局面；要么关系处理过了头，把不该想的想了，不该说的说了，不该做的做了，甚至将不该拿的拿了，给人的感觉是做人缺乏底线，做事缺乏规矩和原则。前一种人之所以能将人际关系处理得游刃有余和恰到好处，其中的一个重要原因就是坚持了既讲"亲"又重"清"，这种人一生顺利、一世平安；后一种人之所以与他人的关系处理不好，其中的一个重要缘故就是背离了人际关系处理中的"亲"与"清"，要么只重"清"不讲"亲"，要么只求"亲"忽视"清"，这种人不是孤家寡人、孤苦伶仃，就是稀里糊涂，犯下不该犯的错误。

但凡注重"亲"和"清"的人，是既讲感情，又讲原则，既有情商，又有智商，既有合作，又有独立，既有温暖，又有稳健，既有人缘，又有事业，是真正意义上的人。不注重"亲"和"清"或者将"亲""清"分离的人，是脱缰的野马，是缺乏理智的猛兽，为人做事没有底线和原则，自身很容易被诱惑、被腐蚀，也让人感觉不踏实、不靠谱，不仅难有所成，而且有可能坠入犯罪的深渊。

"无情未必真豪杰"，做人要有原则和是非观。"亲"，是一种感情的融洽，但并不等于你我不分和你我混淆，更不等于你的就是我的、我的就是你的。"清"，是一种做人原则的坚守，但并不等同于板着一副面孔，拒人于千里之外。

"亲"与"清"的要义，就是对待他人困难和合理诉求，要主动、热情、积极地回应，但又要有所划分、有所边界，做到兄弟亲，账要明，即便感情好，原则不可抛。唯如此，与他人的关系方可经得起道德、法律的评判，经得起时间的考验。

　　看来"亲"与"清"的把控，不仅考量人的智慧，而且检验人的定力。正确的把控是，与人交往要始终不忘"亲""清"二字，并且"清"字当头，"亲"字第二。

◁»"亲"与"清"

“容”与“融”

　　一个人一旦拥有了“容”的气度、“容”的风范，不仅能“融”入群体与社会，还会让自己的不足与过失得到他人的宽容，始终得到他人的尊重、理解和支持，进而也就具备了成就事业与人生的人脉基础。

　　人是群体动物，每个人都需要情感的慰藉和寄托，谁都不愿自己孤独地生活，不愿意成为孤苦伶仃、孤芳自赏的另类，都想能融入人群、广为社会认同和接纳。然而，在现实中却总有些人欲“融”而不达，常常因不合群而郁郁寡欢，也影响事业的发展。这自然让人想起了“容”与“融”的关系。

　　“容”，尽管语义多样，但主要有宽容、包容、容纳、容忍、谦让之意；而“融”，则主要是指融化、融入和调和、和谐之情形。

　　将“容”与“融”放到一起，不仅是因为两者同音，更因为在人际关系的处理中，“容”与“融”具有一定的因果关系：“容”是“融”的前提和条件，“融”是“容”的铸就和结果。一个人要想融入人群和社会，首先就要学会能“容”和善“容”。

　　那些欲“融”而不达的人，多半是不明了“容”与“融”

的辩证关系，只想同社会水乳交融、融为一体，但在做人上却与"容"字沾不上边，没有兼容并包、豁达大度的品质，而是心胸狭隘、锱铢必较。这种人为人偏狭、刻薄，只注重自己的存在，说话做事从来不会设身处地考虑他人之心理感受，对待别人的过错或不足更是横挑鼻子竖挑眼。这样的人别说不能融入他人的心田、获取他人的尊重，能够不招来别人的敌视和拳脚相加就是一种万幸。这样的人更不可能受到别人的拥戴，也不可能成就一番事业。

"宰相肚里能撑船，将军头上能跑马"，说的是那些具有雄才大略、能指挥千军万马的人大多具备"容"的肚量和气度。

蔺相如对廉颇傲慢无礼的宽容忍让，最终感化廉颇负荆请罪，留下千古美谈——"将相和"，使赵国虽小而无人敢犯；周恩来总理以其容纳天地的博大胸怀，在外交上奉行求同存异、和平共处方针，造就了他的伟大人格，树立了新中国的大国风范。

同样，邻里间团结和睦需要"容"，夫妻间白头偕老离不开"容"，一个健康文明进步的社会处处离不开"容"。

一个人一旦拥有了"容"的气度、"容"的风范，不仅能"融"入群体与社会，还会让自己的不足与过失得到他人的宽容，始终得到他人的尊重、理解和支持，进而也就具备了成就事业与人生的人脉基础。

"大肚能容容天下之事，笑口常开笑可笑之人。"要具备"容"的大度，也不是能装得出来的，更不是想有就有的，它需要志存高远、不计较眼前得与失的远大目标，需要有"人各有所长""人无完人"的清醒认识，需要有"己所不欲，勿施于人"的将心比心，需要有"不责人小过，不揭人隐私，不念人旧恶"的良好品德，需要有"退一步海阔天空，忍一时风平浪静"的宽厚仁慈，需要有"闹骚太盛防肠断，风物长宜放眼量"的宽广胸怀。

真正具备"容"的品质的人，心里总是装着长远、装着快乐、装着满足、装着简单、装着理解、装着欣赏，总是严于律己，宽以待人，与人为善。

"容"与"融"的关系也不能简单地只是理解为纯粹的因果关系，还有对"容"的度的把控和"融"的性质与方向的掌握。

"容"，不是不讲人格的低三下四、阿谀奉承，不是不讲个性的忍气吞声、逆来顺受，不是不要原则的放纵、放任和"和稀泥"，而是要容得下不同意见、不同风格、不同色彩、不同个性、不同种类，在名利面前不搞斤斤计较。

"融"，不是盲从，不是随波逐流，不是沆瀣一气，而是汇入潮流、融入主流，即便是工作的需要或一不小心融进了乌合之众，也要合而不同，出淤泥而不染，同流而不合污。

唯如此，我们就把准了"容"与"融"的要义，既朋友遍天下，人生之路畅行无阻，又彰显出自己独特的人格魅力。

人生在世，不"融"，肯定会被认为是星外来客、不食人间烟火的异类；要"融"，就要以"容"求"融"、以"容"换"融"；但"容"不是乱"容"和滥"容"，而是要"容"之有度、"容"

之有术。

  明白了这些，也就明白了做人的真谛；做到了这些，也就练就了为人的高超境界。但这说起来容易做起来难，无疑需要不断地追求、不断地修炼。

🔊 "容"与"融"

"赏"与"上"

　　"上"是人所盼，"赏"中能给力；希望有所"上"，就得不吝"赏"。多用欣赏的眼光看自己、看他人、看世界吧，美丽和惊喜就在眼前！

　　读到一则陶行知先生教育一个顽皮学生的故事，觉得很有意思。

　　说的是，有一天一位男生用砖头砸同学，正好被陶行知碰见。陶先生及时予以制止，并要求这位同学去他的办公室。

　　在办公室里，陶先生并没有疾言厉色，而是掏出一颗糖给这位同学，然后开始了谈话："这是奖励你的，因为你比我先到办公室。"接着他又掏出一颗糖，说："这也是给你的，我不让你打同学，你立即住手了，说明你尊重我。"男孩将信将疑地接过第二颗糖，陶先生又说："据我了解，你打同学是因为他欺负女生，说明你很有正义感，我再奖励你一颗。"这时，男孩感动得哭了，说："校长，我错了，同学再不对，我也不能采取这种方式。"陶先生于是又掏出一颗糖："你已认错了，我再奖励你一颗。我的糖发完了，我们的谈话也可以结束了。"

　　故事意味深长，让我沉思良久，深感先生教育艺术的高超和奇妙。

面对他人的错误，常人的做法多半是劈头盖脸的直接指出和批评，出发点很好，但别人就是少了面子下不了台，很不开心，甚至予以抵触。陶先生却独辟蹊径，用欣赏的方法教育人，让人在轻松愉快中发现不足，唤醒学生心中的正能量，达到预期的好效果。这是设身处地考虑他人的批评方式，是欣赏效应的巧用。

陶先生的方法，也让我联想到了"赏"与"上"对人生打理的特别意义。

"赏"，意义多样，这里仅指欣赏、赏识、赞誉、赞美、赞赏、鼓励、肯定、表扬之意，是认同的信号，是温情的传递，是关切的表达，是友善的表示，是正向的推力，很能被人所接受。

"上"，意义也很多，这里也只指其引申的进步、进展、前进、变善、变美、变好、变富、变强等意，是改良的势头，是向好的趋向，是上升的情景，是积极的态势，是可喜的变化，很让人向往。

乍看起来，"赏"与"上"似乎没有什么联系。但从人的成长规律来看，"赏"犹如生命中的阳光雨露，是不可或缺的养分，有利于"上"的景况的催生；"上"，虽是所有正常人的普遍期盼，但它不会自发形成，而是需要"赏"的传递和激励。在某种意义上说，"赏"是"上"的因，"上"是"赏"的果，"赏"与"上"的循环往复促使着人在愉快中丰富与完善。

现实中，有些人并不明白"赏"与"上"的这种微妙关系。对待他人，不是刻薄，就是冷淡，看不到别人的长处与闪光点，即便看到也是麻木不仁、毫无反应，更不知道要适时地予以称赞和祝贺；要是遇见别人的言行不合自己的意，则更是攻其一点不及其余，对其全盘排斥和否定。对待自己，不是自卑，就是消沉，不知道自我欣赏、自我鞭策、自我超越，总是缺乏一种积极进取的精气神。这样的人从来就不知道欣赏的力量，既不欣赏别人，也不欣赏自己，留给别人不可能是什么好印象、好感觉，自己的日子也只会是过得个黯淡无光，其人生和事业也就不可能呈现出什么"上"的景象来。

其实，人类天性中最根深蒂固的本性就是被欣赏，希望成功时得到关注和赞美，失意时受到同情与安抚。一个人被欣赏的愿望一旦得到满足，其自身的自信和尊严便会得到唤醒与激发，进而努力去改正错误、完善不足、追求更好；相反，一个人被欣赏的愿望总是得不到满足，他就找不到自身的分量和存在的价值，变得自暴自弃和每况愈下。陶行知先生就是深谙此道的榜样，即便对待一个犯错者也是用"赏"的方法来指正，始终在意对方的内心深处，给人以温暖的抚慰。

我们所处的世界本来就不缺少美，再平淡的地方总有动人处，再有缺陷的人都有自己的闪光点，就看你怎么看和看不看得见，拥不拥有欣赏的眼光。假如我们能用欣赏的态度来对待自己和所遇见的人与事，自己的内心总会春风荡漾，自己的周边也会洋溢着和谐与美好。正所谓，从欣赏他人中，自己便无形地上了风格、上了境界、上了水平、上了品质；他人在你的欣赏中，也自然地上了好感、上了亲切、上了信任、上了自信；在欣赏和被欣赏的互动中，彼此便上了认同、上了默契、上了友好、上了温馨。

赠人玫瑰，手留余香；与人方便，与己方便。"赏"，始终悦人悦己，鼓励着他人也鞭策着自己，温暖着周边也丰盈着内心，是美人之美和美美与共的好事情。

但要学会"赏"、做到"赏"，并能实现"上"，也并不是件容易的事，它需要摒弃随意嫉妒人、轻蔑人、奚落人、挖苦人、耻笑人、讽刺人、羞辱人等不良习惯，做到为人友善、真诚、阳光、热忱、谦虚、宽容和大度。

"上"是人所盼，"赏"中能给力；希望有所"上"，就得不吝"赏"。多用欣赏的眼光看自己、看他人、看世界吧，美丽和惊喜就在眼前！

◁))"赏"与"上"

"升"与"深"

> "升"是朝上走、向上伸,"深"却是向下沉、往下扎。"深"与"升",朝向截然相反,但却是相得益彰、相反相成:只有"深"得越下,方可"升"得越上;只有"深"得越厚实,才能"升"得越茂盛。

俗话说,"人往高处走,水往低处流"。"事业发达,步步高升"也是人们之间喜用的相互祝福语。正常的人在人生的目标追求中都是希望"升"的,希望升职务、升地位、升薪水、升能力、升品质、升影响,一句话,希望与"升"有缘,同"升"结伴,不断地超越过去,最好是"升"得超越他人,"升"得出类拔萃,备受社会的尊重和赞赏。

然而,"升",不是想"升"就可以"升"的,更不会毫无条件地拔地而起、扶摇直"升"。"升"需要另一个谐音字"深"的打造和练就,需要深入、深耕、深造,需要深学、深探、深究,需要养成"深"的功夫、"深"的习惯、"深"的品质和"深"的作风。

只有"升"的想法没有"深"的行动,"升"的想法只会是空中楼阁;虽有"深"的行动但"深"得不实不透,"升"的想法也只是一个美丽的画饼。只站在河边，望着河中肥美的鱼，徒生羡慕，是永远得不到鱼儿的。渴求老板年年给员工加薪，而员工自己却消极怠工，没有生产，没有创造，没有贡献，薪水又从何而来。希望众星捧月，而自己既无德又无能，没有让人信服的"几把刷子"，要是有人来尊敬你只能说明这个人脑子有毛病。向往成为博学之才，而在实际的学习中却当"浅尝辄止"先生或"蜻蜓点水"女士，学问是永远不会与其沾边的。盼望日子犹如"芝麻开花节节高"，但干起活来怕苦怕累，要么半途而废，要么点到为止，生活能够原地踏步就是一种万幸。期望出人头地、成名成家，但不愿寒窗苦读，不愿坐冷板凳，耐不住寂寞，受不住清贫，心浮气躁，一生不可能拥有功名。

一句话，没有投入，没有付出，没有坚守，没有沉得住气的定力，没有俯下身子扎进去的深度实践，"升"的期待只会是水中月和镜中花。

"升"的愿望一旦和"深"的表现结为连理，"升"的景况不是"旭日东升"，也是"冉冉升腾"。

战国时期的苏秦、西汉时期的孙敬之所以是所在时代的饱学之士和著名政治家，是因为他们用坚韧不拔的"深"功夫、"钻"干劲演绎了"刺股悬梁"的故事。西汉时期的匡衡，家境贫寒，便"凿壁借光"，借着隔壁邻舍墙缝中的一缕烛光读书，终于学有所成，被封郎中，迁博士。李白明白了"只要功夫深，铁杵磨成针"的道理，锲而不舍地学习与感悟，才成长为唐朝时期的一代"诗仙"。晋代的车胤和孙康为了读书，留下了"囊萤映雪"的佳话。至于当代的那些著名思想家、政治家、科学家、发明家，那些各行各业的专家和学者，那些声名远播的成功人士，无不是拥有追本溯源、寻根究底、深挖细究的"深"劲头，拥有不弄清楚、不搞明白、不达目的决不罢休的韧性子，拥有"咬定青山不放松"，坚定不移、持之以恒、奋力拼搏、积极进取的"霸蛮"精神。

"宝剑锋从磨砺出，梅花香自苦寒来"，宝剑的锋利和梅花的清香需要磨砺和苦寒才能换得。"冰冻三尺非一日之寒，水滴石穿非一日之功"，说的是任何奇迹的出现必须要坚持不懈去努力。"世上无难事，只要肯登攀"，讲的是只要功夫到了家，没有克服不了的困难，没有创造不出的神话。"不入虎穴，焉得虎子"，比喻不冒危险，就不能成事。这些名言俗语，实际上也从不同的角度诠释了"升"与"深"的关系。

"升"是朝上走、向上伸，"深"却是向下沉、往下扎。"深"与"升"，朝向截然相反，但却是相得益彰、相反相成：只有"深"得越下，方可"升"得越上；只有"深"得越厚实，才能"升"得越茂盛。

"升"是"深"的结果与景象，"深"是"升"的前提与基础。根深才能叶茂，基实才能托起高楼，只有"深"得扎实才有高高"升"起的可喜局面。

要想真正地"升"，必须不抱空想主义，不做表面文章，不秀花拳绣腿，不搞囫囵吞枣，不弄自欺欺人，而是要俯下身子，做到深入地学习、深入地思考、深入地钻研、深入地探索、深入地耕耘，做到深入、深入、再深入。

◁» "升"与"深"

"省"与"醒"

> 　　一个人要留下人生稳健的足迹，就必须以"省"促"醒"，让自省成为一种自觉和习惯，把自省当作镜子和良药，将自己的不足找出来，将自身的毛病医治好，做到头脑清醒、思想健康、行为稳健。

　　最近，看了某地编辑出版的一本《罪犯忏悔录》。书中的"主人公"们谈及自己走向堕落和犯罪的那个"拐点"时，差不多都会冒出同一句话，"自己是聪明一世，糊涂一时，一失足成千古恨……"

　　这些"主人公"们的命运结局着实让人唏嘘不已、扼腕叹息，也使人联想到了"省"与"醒"的关系。

　　"省"是反省、检查，是一种自我反思、自我检点、自我完善的自觉行动；"醒"是清醒、明白，是一种清白的精神状态，也是一种应有的处世态度和人生境界。

　　在人生的道路上，"省"与"醒"是有密切关联的。"省"是"醒"的前提，"醒"是"省"的结果。一个人要保持清醒的头脑，做到关键事情、关键时刻不糊涂，必须注重自我审查、反躬自省，清洗思想的尘埃，坚守做人的底线，养就不良诱惑的抵御之功，时刻防止思想滑坡、行为走歪。

现实生活中，总有那么一些人，忽略了"省"与"醒"的关系，一切以自我为中心，说话做事从不考虑他人的感受，对己不克制、对人不友善、对事不用心、对物不珍惜，不注意言行的检点，结果是不仅不受欢迎，而且四处碰壁。尤其是有极少数据有重权的领导干部，不屑于扪心自问，忘记了反躬自省，不敢于自我揭短，忌讳于别人的批评，而热衷于一呼百应，习惯于他人对自己的百依百顺，高兴于被阿谀奉承，满足于听甜言蜜语，总是自我感觉良好，误以为自己什么方面都高超、高明，于是忘乎所以、无法无天、为所欲为，不该说的说了、不该做的做了、不该拿的拿了、不该去的去了，最后坠入罪恶的深渊，待到被绳之以法时，捶胸顿足，悔恨交加，已是为时晚矣。

俗话说，"天上的繁星数得清，自己脸上的煤烟却看不见""最灵敏的人也看不见自己的背脊"。人类最困难的事情就是认识自己、了解自我。

孔子、孟子、荀子等先贤圣哲们特别强调，人要保持清醒，并做到思想有所长进，必须"见贤思齐焉，见不贤而内自省也"，"君子博学而日参省乎己"，"君子必自反也"，要经常开展"自反""参省""内省""自省"，做到"吾日三省吾身"。

用现代的话来说，人要了解与完善自己，就要经常"照镜子""正衣冠""洗洗澡""治治病"，开展批评和自我批评，弄清楚"我是谁""为了谁""依靠谁"，搞明白自己"从哪里来""到哪里去"和"怎么去"，不断地认清自我、修正自我、提升自我，完善自我，使自己的言行举止顺应时代发展、合乎社会期待、符合党和人民的要求。

其实，一个人只要真心地向好向善向上向美，就会自觉地重视"省"与"醒"的关系，用自省的方法来保持头脑的清醒，注意对自己的思想行为进行梳理、对照、总结，开展思维按摩，自觉检查反省，纠偏改错，发扬优点，克服缺点，实现自我鞭策、自我警醒、自我修行。

值得注意的是，人的自省还有一个宽与窄、高与低、严与松、对与错的标准和方向问题。

真正的自省，是要参高看远、比先竞优，在宽中"省"胸怀，在高中"省"水平，在远中"省"视野，在先中"省"差距，在优中"省"距离，给自己找茬，自我嘲笑，自我剖析，自我修理，做最好的自己。

作为党的干部，自省的要求除了普遍性的要求，还要经常用先进性、纯洁性的要求量一量自己的言行好不好，拿群众评价检一检工作的得失有多少，用先进模范的标准比一比存在的差距有多大，用党纪国法的规定问一问敬畏法纪的程度够不够，用改革发展的成果看一看工作与时代要求合不合。

一个人，只有诚心实意地自省，心灵才会健康而自信，胸襟才会阳光而开阔，视野才会宽广而长远，脚步才能稳实而矫健。

"人贵有自知之明。"一个人要做到自知之明确实不容易，但不能因为不易就予以放任。一个人没有清醒的头脑，再正的姿势也会走歪；没有谨慎的步伐，再平的道路也会跌倒。

一个人要留下人生稳健的足迹，就必须以"省"促"醒"，让自省成为一种自觉和习惯，把自省当作镜子和良药，将自己的不足找出来，将自身的毛病医治好，做到头脑清醒、思想健康、行为稳健。

🔊"省"与"醒"

"实"与"识"

> "纸上得来终觉浅，绝知此事要躬行。""实"是"识"的来源和基础，也是"识"的提升之动力和"识"的最终之目的，"实"对"识"具有决定性作用。这也是马克思主义的认识论。

见多识广、有胆有识，自然为人向往；博闻强识、才高识远，更是受人尊重。正常的人都希望自己拥有更多的知识、明白更多的道理、具备更强的辨别能力，希望与"识"有缘、同"识"结伴。

然而，"识"不是想有就有，不会从天而降。"识"的具备需要"实"的陪伴与相随。

"识"，是认识和把握事物的能力与境界；"实"，则是符合客观情况的为人做事和务实作风。"识"的形成，尤其是对事物本质的认识和客观规律的掌控，是万万不能离开"实"的保障的。

在现实中，总有那么一些人不明白"实"与"识"的关系，成天盼望自己有学识、长见识，具备判断和处理事物的高超水平，但在生活、学习和工作中，却不愿意在"实"上下功夫、花气力。

他们要么就是死板教条，不是唯上，就是唯书，或者就是唯不合时宜的陈规陋习，从来不明察客观的实际情形，不搞理论和实际的结合；要么就是粗枝大叶、蜻蜓点水、浅尝辄止，作风飘浮、不深不细，搞大而概之、笼而统之；要么就是道听途说，不是以偏概全，就是以讹传讹，看树就是山，见风就是雨。随着网络和手机的普及，又有一些人把提高自己"识"的水平寄希望于"打打电话，翻翻网页，发发微信，看看短信"，习惯于用碎片化的信息来代替实地查看和调查研究。诸如此类，不一而足，都不是真正意义上的以"实"促"识"。

他们即便有所"识"，也必然是肤浅之识、片面之识、短见之识。这样的人若不关乎他人与社会，顶多就是人生的路上摔摔跤、吃吃亏，交一些不必要的学费，可一旦连上了一官半职和公共事务，其带来的负面影响却是危及一地或是一群。那些不注重从第一线掌握情况、从第一线产生办法、在第一线解决问题、从第一线总结经验，而热衷于"合理想象，正常推理"，习惯于想当然、拍脑袋的领导干部，是最可怕的，其给单位或地方带来的危害往往难以估量。这些年来，那些因给国家利益造成损失而被追究失职、渎职的领导干部，多半就是一些无"实"而自以为有"识"之徒。

雄才伟略的毛泽东，是"实"与"识"关系践行的光辉典范。在革命战争年代，他总是在不同时段根据不同情形作出最英明的判断。1927年1月至2月，他实地考察了湖南湘潭、湘乡、衡山、醴陵、长沙等五个县的农民运动，写成了《湖南农民运动考察报告》，得出了"农民运动好得很"的论断。1928年10

月到 1930 年 1 月，在总结井冈山和其他革命根据地实践经验的基础上，他先后撰写了《中国的红色政权为什么能够存在》《井冈山的斗争》《星星之火，可以燎原》等著作，形成了"农村包围城市，最后夺取全国胜利"的真知灼见。在抗日战争时期，针对国民党部分人的"中国必亡论"和"中国速胜论"，以及共产党内部分人轻视游击战的倾向，他在总结战争初期经验的基础上，写就了《论持久战》，发出了"抗日战争是持久战，最后的胜利是中国的"正确号召。在抗日战争结束后，针对即将爆发的人民解放战争的敌强我弱和部分党内人士的畏惧心理，他有理有据地提出了"一切反动派都是纸老虎"的惊世骇俗之见，鼓舞了全党、全军和全国人民。他的这些远见卓识都是通过他"实"的功夫所提炼的。他注重调查研究，坚持将马克思主义与中国革命实际相结合，坚持一切从实际出发，坚持实事求是。他的远见卓识，引领着我党和中国革命从迷茫走向光明、从胜利走向胜利。而教条主义、本本主义的王明，自以为才识过人，却无视"实"与"识"的关系，不注重"实"的作风打造，不注重实事求是，在中国革命的历史征程中搞了不少瞎指挥，结果给中国革命造成过许多损失和灾难。从将毛泽东与王明进行鲜明的对比中可以进一步看出，"实"与"识"不可分离，有"实"之"识"方可为真理，无"实"之"识"必然是谬误。

"纸上得来终觉浅，绝知此事要躬行。""实"是"识"的来源和基础，也是"识"的提升之动力和"识"的最终之目的，"实"对"识"具有决定性作用。这也是马克思主义的认识论。

　　"不是井里没有水，而是挖得不够深""在家里看到的永远是家，走出去看到的才是世界"。要想成为真正的有识之士，就得"实"字当头，学习要实，谋事要实，创业要实，做人要实。倘若此，我们就会拥有真才实学和远见卓识。

🔊 "实"与"识"

"试"与"势"

> "好风凭借力，送我上青云。"人生要出彩，不能没有"试"，但"试"决不可乱"试"，也不应该乱"试"，必须发现"势"、捕捉"势"、借助"势"、用准"势"，方可达到"海阔凭鱼跃，天高任鸟飞"的境地。这既考验人的勇气与胆量，更考量人的眼光和智慧。

顾名思义，"试"，就是在没有规律可循、没有经验可资，也没有高人指点的情况下，所开展的尝试或试验，是一种探索或摸索，是做过去或前人没有做过的事，是尝试新事物、闯荡新天地、寻找新发现、争取新成果。人的成长需要"试"，事业的发展也离不开"试"，要有所发明和创造更需要"试"。

但"试"不是瞎想，也不是盲动，只有在对事物的情况有所了解，对事物的发展趋势有所掌控的前提下，也就是要在明"势"、顺"势"、乘"势"的基础上，"试"才可能有所成效。

"试"与"势"，不仅谐音，而且紧密相联，是否认清"势"决定着"试"的结局与结果。

汉代刘向在《说苑·建本》中讲到，"鱼乘于水，鸟乘于风，草木乘于时"，说的是，鱼是要凭着水的力量才能游动，鸟是要凭借风的力量才能飞翔，花草树木要凭借季节的变化而生长。同样的道理，人的成长离不开外在的"势"的力量。

那些脚踏西瓜皮滑到哪里算哪里的人，是从来不明白"势"的重要和力量的。这种人永远不敢"试"，也从来不去了解"势"、判断"势"。这种人只能被称为时代的混儿，要么一事无成，要么业绩平平。

有一种人，虽不满足于现状，也有"试"的企图和胆量，但就是在作出"试"的行为时不看气候不看天，不接天线和地线，到处盲闯瞎碰，收获的要么就是挫折丛丛，要么就是血本无归。这种人不明事理和原委，却还往往发出了"上天不公""怀才不遇"等悲叹。而在别人看来，这种人不是"蠢货""傻猫"，就是白痴、莽汉。

有一种人虽然明了"试"与"势"的关系，但在"试"的实践中，常常以假"势"或虚"势"来定"试"，"试"的结果也便可想而知。这种人要么固执己见来看"势"，要么凭着信息碎片来判"势"。这种人看似以"势"定"试"，实则是知识的浅薄和作风的漂浮，是不可能"试"出什么好东西的，也只会是冤枉地做些无用功。

真正把控"试"与"势"的高手，却是把"势"的研究放在首位，而不是以"试"碰"势"，做到"该出手时就出手"，出手必有新收获。

其实，"试"的内容也有简单与复杂之分。要想知道梨子的味道，就去亲口尝一尝；不会游泳，就下到水中去学着游，顶多是带个救生圈，要么就请个教练教一教；世界那么美，想去看一看，只要条件允许，你尽可以打起行囊就走。诸如此类的"试"，不需要克服什么困难，也不需要花多大的成本，是简单的"试"，你完全可以大胆地去体验和实践，"试"得越多，见识越多，经验也越多，即便"试"错了、"试"砸了，无非就是呛了几口水，交了一些学费，买了一些教训。

而那些没有彩排也不可重来的人生选择，那些事业发展方向的确定，那些大量人力物力或资金投入的项目上马，那些重要决定的作出，诸如此类的"试"，便可称作复杂的"试"。这种"试"往往很重要很关键，牵一发而动全身，举一步而牵后程，是不可以马虎从事的，必须借"势"而"试"。

有些"势"不是喊有就有的，你得学会创设条件、制造机会，想出办法造出"势"来，为自己"试"的实践鸣锣开道。你若是一匹千里马，想要更大的舞台，你就要让群众认同你、伯乐赏识你，善于抓住一切机会展示你的雄姿；你若要推行一项新举措，你就要事先做好舆情的研判和舆论的引导，让受众充分地领会、明白和认同。这种做法，可称之为造"势"而为。

有些"势"本身就是存在的，关键就看你有没有感觉，有没有主动抓取的自觉。像那些国家鼓励的事项、社会倡导的事宜，又符合你所具备的条件，你去"试"了，就是一种顺"势"而行。

有些"势"却是过了这个村没有这个店的，稍纵即逝，只有适时地予以把住，你的"试"才是在合适的时间和合适的地点所作出的合适的举动，是一种乘"势"而上。

有些"势"并不是能轻易可觉察的，而是要经过分析才能得出的。要通过理性的论证，判断出"势"的大与小、强与弱、优与劣，并根据"势"的情形而作出适当的决定。这也可称作因"势"而动。

"好风凭借力，送我上青云。"人生要出彩，不能没有"试"，但"试"决不可乱"试"，也不应该乱"试"，必须发现"势"、捕捉"势"、借助"势"、用准"势"，方可达到"海阔凭鱼跃，天高任鸟飞"的境地。这既考验人的勇气与胆量，更考量人的眼光和智慧。

◁》"试"与"势"

"痛"与"通"

人活世上，不如意事常八九，可与人言无二三。心灵的"痛"、情感的"痛"、生活的"痛"、学习的"痛"、工作的"痛"等各种各样的"痛"，在我们的生命当中总会有所遭遇。善用"通"的人，总是在主观上找原因，查自身的不足和缺陷，努力做到缺什么补什么、少什么添什么，不仅让心灵有所抚慰，而且还使自己不断地丰厚与完美起来。

"痛者不通，通者不痛"，是中医学上的一个"痛"与"通"的理论，意思是说人体的气血和经脉通则身体正常，不会感觉不适，而气血和经脉不通就会引起疼痛或疾病。一旦身体某个部位感觉疼痛，不可简单地头痛医头、脚痛医脚，而是要综合考虑，统筹兼顾，找准病根，在疏通上下功夫，打通气血淤滞堵塞之门，达到通体舒泰之效。

中医，是一门神奇的学问，重视病灶，但不拘泥于病灶，而是综合运用望闻问切，弄清病灶的症结，进而对症下药。它起源于我国，可谓源远流长，博大精深，不仅让华夏子孙从中受益，而且已引起世界越来越多的重视和关注。它不仅是纯粹的治病之术，更是真正的生命哲学。

其实，"痛"与"通"的理论又何止于只适用于中医，将其运用到人生的修炼中也会有意想不到的妙处。

人活世上，不如意事常八九，可与人言无二三。心灵的"痛"、情感的"痛"、生活的"痛"、学习的"痛"、工作的"痛"等各种各样的"痛"，在我们的生命当中总会有所遭遇。

有些人不是被这样的"痛"所困住，就是被那样的"痛"所击倒，弄得个愁肠百结、痛不欲生和一蹶不振。有些人却能把痛当作磨刀石，在"痛"中成长，在"痛"中成熟，在"痛"中成就。之所以有这种截然不同的差别，关键就在于，面对"痛"，有些人善于用"通"的方法去化解、去根治，有些人却囿于一点，不及其余，习惯于一条道走到黑，不到南墙不回头。

心灵的"痛"，每个人都会有所遇见。尤其是在得不到理解，讨不到尊重，获不到认同时，人的心灵往往很容易受伤。在这种情形下，善用"通"的人，总是在主观上找原因，查自身的不足和缺陷，努力做到缺什么补什么、少什么添什么，不仅让心灵有所抚慰，而且还使自己不断地丰厚与完美起来。而不善用"通"的人，总是埋怨客观的欠缺、伯乐的缺失和命运的不公，哀叹怀才不遇、壮志难酬，不仅旧"痛"无法抚平，而且新"痛"又起，变得自卑、仇恨、孤独、烦恼，甚至是抑郁。

情感的"痛"，每个人都会有所存在。因亲人不幸而产生的悲痛、因朋友背叛而产生的愤痛、因爱人欺骗而产生的怒痛，都是人的情感上所遭遇的"痛"。情感的"痛"，往往是由于付出与回报的极不对称而"痛"得很深、"痛"得流泪，要一时半会地从中解脱出来还真不那么容易。但善用"通"的人，总是能及时地转换注意，不让哀伤的阴影总是笼罩，不让不快的体验总是积压，能清醒地提示自己，无愧了就不应该再"痛"下去，未来的路还很长，还有新的天和新的地需要自己去开辟。而不善用"通"的人，心中始终想不开，注意力总在原地转圈，为情所伤，被情所困，看不清前方和希望，更有甚者还会做出极端的行为来。

生活的"痛"，不同活法的人会有不同的感受。要求低的人，只要有吃、有穿、有住、有花、有用，能开心就行，他们的心本来就是"通"的，也就没有什么心里难受的"痛"的感觉。要求高却又达不到的人，却能经常遭受生活的"痛"，总是觉得比不上别人，压力有山大，身心很疲惫。面对生活的"痛"，"通"的办法其实最简单，就是只要努力创造就行，少做无谓的攀比。人的禀赋有异，条件有别，起点不同，付出也不一样，每个人的生活自然便有差异，可谓是比不胜比，更何况"广厦万间，夜眠仅需六尺；家财万贯，日食不过三餐"。

学习的"痛"，主要表现在对新形势、新知识、新科技、新手段、新任务、新要求的不适应，是新办法不会用、老办法不管用、硬办法不敢用、软办法不顶用的尴尬，是缺智少谋、缺识少能的本领恐慌。不管你曾经多聪明、多富有，这种"痛"每个人都会有所遭遇。其疏通和化解的办法没有别的选择，只有"不能则学，不知则问"，而且要活到老，学到老。不然，听任此"痛"的蔓延，就会让你淘汰于时代、出局于人群。

工作的"痛"，也是每个人都会碰见的。不管做什么工作，都不是靠单打独斗可以圆满的，都需要他人的配合与支持。如果得不到，就是一种"痛"。要舒解好这种"痛"，除了按规律和规则办事外，就要做人示友善，凡事多商量，遇事多沟通。

在人生的道路上，"痛"实则是一种常态，但只要忙时井然、闲时自然，得之坦然、失之怡然，被褒淡然、被贬泰然，接受偶然、顺应必然，便会行走得通情达理，通时达务和通行无阻，修得个安然和悠然。唯如此，也就把准了人生的"痛"与"通"。

◁)) "痛"与"通"

"望"与"旺"

> 好"望"也不等于实实在在的"旺",它只是"旺"的暗示、"旺"的先兆和"旺"的前提,是"旺"景呈现的"催化剂"和"加热器"。要使好"望"变成"旺",必须将心中的愿景转化为切实的计划、措施和行动,将仰望星空与真抓实干相结合。

相传古希腊雕刻家皮格马利翁深深地爱上了自己用象牙雕刻的美丽少女,并希望其能变成活生生的人。他真挚的期待和表现感动了爱神,爱神便依其所愿赋予了雕像以生命,让皮格马利翁与其钟情的少女结为了伉俪。这当然是一个神话传说,但在后来,心理学界将这一结局好坏与愿望程度成正比关系的现象,称之为"皮格马利翁效应"。

直到 1968 年,为求证这一现象,美国心理学家罗森塔尔便带着实验组走进一所普通小学,在 6 个年级 18 个班里随机抽取了部分学生名单提供给任课老师,郑重地告之名单中的孩子是最有潜能的学生,并再三嘱托在不告诉本人的情况下注意长期观察。8 个月后,实验组回到学校,惊讶地发现名单上的学生不但在学习成绩和智力表现上均有进步,而且在兴趣、品行、师生关系等方面也有可喜的变化。罗森塔尔的实验再次验证了"皮氏效应"的存在，好的期待确实有助于希望现象的出现。由此，"皮氏效应"又被称为"罗森塔尔效应"。

其实，不管是"皮氏效应"，还是"罗氏效应"，实际上都是一种心理期望效应。心理学研究表明，人的行为表现总是逃不过其心中的自我暗示的，有什么样的心理期待往往就有什么样的现象发生。对人对事拥有良好的愿望，有助于良好结果的出现。

由此，我便自然地想到了"望"与"旺"的关系。

"旺"，是所有正常人的向往与追求，因为其代表着旺盛，蕴含着兴隆，喻示着发达，是事业朝气蓬勃、欣欣向荣、蒸蒸日上的代名词，是人生左右逢源、畅通无阻、顺心顺意的浓缩语。正因为这样，不少人在给小孩取名时或是在成立企业命名中喜欢用上"旺"，寄托着美好的期盼；在节日的祝福中，人们也常用"旺"来组词造句，什么财源旺、事业旺、前程旺、人脉旺、居家旺、出门旺等等，传递着友善，交流着情谊。

在此种语境下，"望"，就不再是远看、拜访、看望等意思，而是表达着期望、愿望、希望、渴望和欲望。它发端于人的内心深处，犹如沙漠中的绿洲，昭示着新的生命；也如茫茫狂涛中的明灯，指引着前行的方向；还如生命的发动机，源源不断地输送着能量。它成为人心中不灭的启明星，是困难时坚实的拐杖，是忧愁时鼓劲的乐曲，是绝望时重新振作的强心剂。但它的好坏与强弱却受着一个人世界观、人生观和价值观的影响。

人的品质与品位，在某种程度上说，实际上是"望"的区别。总是向好向上向善向美的人，前景再坏也坏不到哪里去；总是心存歪想的人，再好也好不出一个受人尊敬来。

从心理期望效应来考察，"望"与"旺"确实存在着一定的关联，但只有好的"望"才会有助于"旺"的出现，不好的"望"不仅无益于"旺"的产生，相反还会促使暗淡光景的降临。

但好"望"也不等于实实在在的"旺"，它只是"旺"的暗示、"旺"的先兆和"旺"的前提，是"旺"景呈现的"催化剂"和"加热器"。要使好"望"变成"旺"，必须将心中的愿景转化为切实的计划、措施和行动，将仰望星空与真抓实干相结合，表现出求"旺"的实在与虔诚，像皮格马利翁那样执着、那样动人，"旺"的景象才会呼之而出。

在现实中，有些人并不明白这一道理。他们与人交往，要么疑邻窃斧、疑神疑鬼，要么门缝看人、把人看扁，要么主观武断、唯我独尊，要么苛刻挑剔、容不下异己，总是用找茬的眼光看别人，认为见到的人都不是什么好人，都不可信任，其结果不仅没有盼望的人气"旺"，相反却将自己弄得个众叛亲离和孤家寡人。他们干事创业，虽然也渴望着旺盛与红火，但就是不把心中的"望"落实到行动，不是好吃懒做、漫不经心，就是放任自流、自暴自弃，"旺"景只能也是水中月和镜中花。

在现实中，还有一些人虽然明白期望效应的重要，但其生发的好"望"不是缺乏情理，就是脱离实际，抑或是不利于主观能动性的发挥，虽然费尽了九牛二虎之力，也是看不到"旺"

的迹象，还被人耻笑为好高骛远、眼高手低、自不量力和幻想主义。

看来，"望"与"旺"的期望效应在人生的打理中还着实有几番讲究：没"望"的人永远不可能拥有"旺"，有"望"的人也不一定就带来"旺"，坏"望"、歪"望"只会酿造祸害，好"望"、正"望"也不等于"旺"，只有心存理想而又脚踏实地者才会被"旺"景所萦绕。孰是孰非，孰取孰舍，真心追"旺"的人，应该有所明了和遵循。

◁◁ "望"与"旺"

"为"与"位"

> 岗位、职位、官位是有限的，由于有客观上的机遇差别或者说有无组织需要的缘故，有作"为"不一定就有职"位"；但是人们心中却始终会给所接触的对象打一个"分"、定一个"位"，有为者必然在人的心里有分量、有地"位"。

顾名思义，"为"是指有行动、敢担当、有作为，"位"是指岗位、职位、官位、地位。按照常理，一个人只有有所作为才能获取应有的社会地位，拥有了一定的地位也更有利于有所作为。也就是说，"为"是"位"之因，"位"是"为"之果，有"为"方可有"位"，有"位"更好作"为"。

但在复杂的社会现实中，有"为"没"位"者有之，甚至有"为"没好下场者也有之；有"位"没"为"者或者说为官不"为"者有之，更有甚者有"位"滥"为"者也有之。这给人的印象是"为"与"位"之间似乎又没有什么太多的必然联系。

其实，"为"与"位"的关系是始终存在的，只是要对"为"和"位"两个字的含义作出准确的理解。

"为"是有所作为之"为"，是立德立功立言之"为"，最起码应是无害之"为"，而不是一切为己、为所欲为、为非作歹、为虎作伥之"为"。

"位",不仅只指"有为"条件的平台、岗位、职位、官位之"位",更是人们心中崇高形象与地位之"位"。

那些有"为"没"位"者,多半是只为自己忙碌的人,再忙也不会在他人心目中产生多大的积极影响;那些有"为"而没好下场的人,多半是损公肥私、损人利己之徒,"为"得越多罪孽越深,其下场也便可想而知;那些"当官不为民做主""做了和尚不撞钟""占着茅厕不拉屎"的人,尽管拥有比较高的职位,不仅在人们的心中没有任何地位,而且常常被人嗤之以鼻;而那些凭借所拥有的职位胡乱作为的人更是错上加错,为人所不齿。只有对"为"与"位"的真谛有所明了的人,"为"才是"位"的基石和前提,"位"才是"为"的条件和保障。

"为",是个人的事,完全由自己操控与把握,但却应有方寸和遵循;"位",要靠别人来认可,但认可的结果还是取决于自己"为"的内容与效果。

岗位、职位、官位是有限的,由于有客观上的机遇差别或者说有无组织需要的缘故,有作"为"不一定就有职"位";但是人们心中却始终会给所接触的对象打一个"分"、定一个"位",有为者必然在人的心里有分量、有地"位"。一个人一旦在别人心中拥有了"位",不管其是否拥有一官半职,都会得到配合与支持,从而更有为。

"为",全靠自己来做主,人生当有为,只是需要有所为有所不为。"勿以恶小而为之,勿以善小而不为。"向好向善向上向美的事，有益于他人和社会的事，即便事小，都要理直气壮地"为"、义无反顾地"为"，而且要造就"为"的胆识、"为"的韬略、"为"的本事，认真地"为"、经常地"为"、反复地"为"、高效地"为"。通过诚诚恳恳的"为"、扎扎实实的"为"，在人们心中树起正位、赢得地位、争得重位。昧良心的事、有悖道德的事、违反党纪国法的事，即便事小，诱惑再大也要自觉予以抵制，不应有为，如果为了只会损害自己的形象，更不可能在他人心中赢取好"位"，甚至还会受到道德或法律的审判和制裁。

"位"，是他人和社会的认同或者是组织的给予，是一种荣誉，也是一种鞭策，更是一种责任，应当倍加珍惜。不管是岗位、职位、官位，还是名声、形象、地位，有了"位"就要按"位"的期待和要求来行事，做到"在其位，谋其职，尽其责"。当上了领导干部，就要履行好人民公仆的角色，时刻想到"为官避事平生耻"，不做"庸官""懒官""莽官""贪官"，要始终怀着一颗为民的心，做到民有所呼必有应、民有所难必有助、民有所忧必有虑、民有所求必有为。当上了社会贤达与名流，就不能为富不仁、信口雌黄、忘乎所以，而是要在言谈举止上当好表率、树好榜样。珍惜"位"的人，才会更有作为，更为人们所称颂、所敬佩。不然，"位"也是变动的，先位可到末位，末位还会出位，即便官位不动，但曾经所享的心中之位已是荡然无存。

深谙了"为"与"位"的关系，正确的人生应该是无位要努力"为","为"要有所为有所不为，最好是多作为少争位，有位更要有所作为，千万不要亵渎"位"。组织人事部门也要按照"为"与"位"的关系来识人、选人和用人，让有为者有位，有位者更有为，维护好"为"与"位"的和谐统一。

🔊"为"与"位"

"畏"与"伟"

　　成就伟业的人则必须要懂得敬畏、有所畏惧。从这个意义来说，"畏"是造就"伟"的重要因子，是实现"伟"的前提和必要条件，"伟"是由"畏"带来的谨慎、严肃、认真、不马虎而铸成。难怪孔子说，君子当有三畏：畏天命、畏大人、畏圣人之言。

　　顾名思义，"畏"者，畏惧、害怕也，常引申为谨慎、不懈怠，是对待事物的一种恭敬态度；"伟"者，伟大、高大也，亦常引申为崇高和卓越，是一种令人钦佩敬仰的形象或状态。

　　将"畏"与"伟"连在一起，乍看起来似乎牵强附会，因为从字面上看，不仅所表达的意思八竿子打不着，而且"畏"的形象与"伟"的形象好像还是两个恰似相反的状态。然而，从人的事业成就规律来考量，"畏"与"伟"却有着这样或那样的联系。凡事谨慎、畏惧的人肯定比较平安，但不一定有大出息、不一定成长得很伟大；而成就伟业的人则必须要懂得敬畏、有所畏惧。从这个意义来说，"畏"是造就"伟"的重要因子，是实现"伟"的前提和必要条件，"伟"是由"畏"带来的谨慎、严肃、认真、不马虎而铸成。

191

　　纵观历史和现实中的那些取得成就的伟大人物，无不是拥有"畏"的体验和品质的。汉文帝刘恒，敬畏母亲，侍奉母亲从不懈怠，在位 24 年，克勤克俭，使西汉社会稳定，经济得到恢复和发展，连同汉景帝创造了"文景之治"。司马迁敬畏真实的历史，克服宫刑的身心痛苦，花了 18 年时间博览、遍访、收集、整理的"笨"功夫，才著就了博大精深的《史记》。李世民敬畏逆耳的忠言，明白了"水能载舟亦能覆舟"的道理，成就了唐朝帝业。康熙和乾隆敬畏民意，时时以明亡为戒，大力整顿吏治，严惩贪官污吏，扫除明末以来的贪风和颓气，实现了"康乾盛世"。曾国藩畏天命、畏人言、畏君父，始终在为官做人中保持清醒的头脑，做到原则不动、底线不松，被公认为我国近代史上一位赫赫有名的军事家、政治家、理学家和晚清时期的第一名臣。毛泽东敬畏贫苦大众、敬畏民心，并常怀"赶考"心态，秉守为人民服务之宗旨，才得到国人的爱戴拥护，带领中国共产党人推翻压在中国人民头上的"三座大山"，建立了新中国。袁隆平敬畏科学，50 余年如一日地深入农业科研第一线，坚持一次又一次地试验，才获得了"世界杂交水稻之父"的盛誉。

　　难怪孔子说，君子当有三畏：畏天命、畏大人、畏圣人之言。老子曰："人之所畏，不可不畏。"宋朝著名理学家、思想家、哲学家、教育家朱熹说："君子之心，常怀敬畏。"明代政治家张居正把"畏"理解为"惧"和"慎"，认为："惧则思，思则通微；惧则慎，慎则不败。"明代著名学者方孝孺更是一针见血:"有所畏者,其家必齐;无所畏者,必怠其暌。"明朝道人洪应明在《菜根谭》中谈道:"自天子以至于庶人,未有无所畏惧而不亡者也。上畏天,下畏民,畏言官于一时,畏史官于后世。"明代晚期著名思想家、哲学家吕坤在其人生哲理著作《呻吟语》中也说道:"畏则不敢肆而德以成,无畏则从其所欲而及于祸。"历史上的这些圣贤先哲关于"畏"的警世盛言,无不为我们道出了"畏"与"伟"的关系:一个人要想成就一番伟业,或者树立起在人群中的伟大形象,必须有所遵循、有所敬畏。

但在现实生活中,总有一些人不明了"畏"与"伟"的关系,也无视"畏"与"伟"的辩证法,片面理解"无私无畏"和"艺高人胆大",一切以自我为中心,说话毫无遮拦,做事毫无顾忌,举止毫无边界,狂妄自大、肆无忌惮,甚至恣意妄行、无法无天。其实,"无私无畏""艺高人胆大"是以有"畏"为先决条件的,是在知方圆、讲道德、守规矩、明法纪,心中装有他人与社会前提下的"无私无畏",是在人生修为上的"艺高人胆大",不然所谓的"无私无畏"就是可笑的"无知无畏","艺高人胆大"就是愚夫的鲁莽,其结果只会是害人害己,要么误去卿卿性命,要么招致牢狱之灾,要么为人类所不齿,哪还有什么伟大事业和崇高形象可谈。

在这个茫茫世界中,能够让我们敬畏的对象太多了,生命要敬畏,自然要敬畏,科学要敬畏,知识要敬畏,一切与我们交集的人和事都得去敬畏。知道了敬畏,我们才能知道什么是善、什么是恶,什么是对、什么是错,什么应该去做、什么不应去理。学会了害怕，才会不害怕；不会害怕，他的一生都很可怕。内心有所畏惧的人，才会懂得尊重、把握分寸，守住道德底线、不越规矩红线、不碰法纪高压线。

人生是应当有所畏惧的，要成就"伟"的事业和"伟"的形象更要有"畏"的意识和"畏"的践行。唯如此，"伟"的愿望才可达成，至少我们的人生会平平安安、顺顺利利。

🔊"畏"与"伟"

"误"与"悟"

> 会"悟"的人肯定少有"误"。所谓"吃一堑、长一智"，"经一事、增一能"，都是因为在经历或遭遇之后，有所感受，有所触动，有所反思，有所认识，有所总结，并悟出个豁然开朗，举一而反三，触类而旁通。唯如此，"悟"方可规避"误"、减少"误"，悟出个人生的真谛来。

现实中，我们兴许会遇见这样的现象：有的人学历并不高，或者没接受过系统的高等教育，但其事业也可以做得很辉煌，洞察能力、思维能力、判断能力、办事能力、协调能力、组织能力等，令不少学士、硕士、博士们折服。

一代伟人毛泽东就是这样的典型代表，只有中师学历却学富五车、才高八斗，没有留过学却能洞察世界、博采众长，使个人的主张转化为全党的意志，并能使众多的留洋者们高度认同，没有用过枪却能把千军万马指挥若定。

这些学位不高，才华、能力却超乎寻常的人，乍看起来就是天才。可有很多这样的成功人士却并不这么认为，他们经常谈到，他们并不是什么天才，如果有什么不一样，那就是特别注重学习、注重思考、注重感悟、少犯错误。

　　他们的答案，不由得让我联想到了"误"与"悟"的妙用。

　　在这个世界上，不犯错误、十全十美的人恐怕是找不出的，只是有些人犯得少，有些人犯得多；有些人虽犯错误，但从不犯同样或同类的错误，有些人却屡错屡犯；有些人即便犯错也是犯得无伤大雅、无伤筋骨，有些人却犯了原则、犯了根本、犯了关键。之所以存在这种区别，其中一个重要因素就是愿不愿意"悟"、会不会"悟"。

　　会"悟"的人肯定少有"误"。所谓"吃一堑、长一智"，"经一事、增一能"，都是因为在经历或遭遇之后，有所感受，有所触动，有所反思，有所认识，有所总结，并悟出个豁然开朗，举一而反三，触类而旁通。他们对安危冷暖、甜酸苦辣、大小轻重、粗细硬柔、宽窄深浅、远近长短、厚薄高低、凹凸起伏、方圆曲直、上下左右、虚实强弱、真假对错、美丑优劣、黑白暗亮、素华俭奢、贫富多寡、好坏褒贬、难易快慢、主次缓急、因果源流、纲目干支等事物的状态和趋势不再是懵懵懂懂，而是有所感知，有所体会，有所辨认，有所区分，有所拿捏，并得出客观的诠释，作出恰当的选择与把控。在经历之后，他们便能总结出，哪些能碰、哪些不能碰，哪些可做、哪些不可做，哪些该收、哪些该拒，哪些应一以贯之地遵循和坚守、哪些应理直气壮地予以反对和抵制。通过感知和领会，明白人生的路总的是要直行、有时也要转弯，总的是要进取、有时也要退却，总的是要记取、有时也要忘记，将事物的真相与社会的准绳相结合，得出准确的判断，做出合适的举动，让自己表现得成熟和老道、丰富而稳重。

　　无悟的人一定常有"误"。无悟的人，实则是感官的迟钝者、思想的懒惰者、行为的盲从者、命运的听任者。他们缺乏是非观念，也少有志向和目标，过的是"信天游"，活的是稀里糊涂，即便有时也看似正常，也有所遵守，但多半只停留于一种人的本能。他们对自身的经历不反思、不总结，更不懂得吸取教训，做不到下不为例。遇险了，还想不到安全的重要；病垮了，还不懂得身体的要紧；错过了，还不晓得机会的可贵；潦倒了，还感不到勤劳的重要；丢人了，还不觉察名誉的价值；束缚了，还不醒悟自由的宝贵；迟暮了，还看不到时间的无情。这种人常犯同类的错误，常干同样的蠢事，常遭他人的白眼，常做无用的检讨，能够自身平安就算运气不错，要创造出辉煌的人生只可能是天方夜谭的事情。

　　乱悟的人多半有大"误"。乱悟的人，往往是自私的人，或是急于求成的人，抑或是好高骛远的人。他们虽明白"悟"对人之重要，也常对自己的前程和事业苦想冥思，但就是悟不出一个真谛来。他们悟来悟去，却悟不明"学会做事，先学做人；学会做人，先行感恩"的次序，悟不出"有什么样的心态，就有什么样的未来"的规律，悟不明"要做人上人，先吃苦中苦"的缘由，悟不到"小事不做，大事难成"的法则，悟不清"平凡的人生不一定庸庸碌碌，辉煌的人生不一定轰轰烈烈"的道理。他们常只悟自己不悟他人，只悟享受不悟付出，只悟眼前不悟长远，只悟权利不悟责任，只悟风光不悟成因，只悟进取不悟实际，结果悟出了私我、悟出了虚荣、悟出了急躁、悟出了算计、悟出了欺诈、悟出了贪婪、悟出了妄为。这样的"悟"，是偏颇或偏执的"悟"，是越轨或灾难的"悟"，其结果只会是要么误了学业，要么误了工作，要么误了家庭，要么误了终身，要么误了生命，要么误了一切。

人生应当有所悟，有成的人都会注意悟。只有悟，方可看清，方可明理，方可懂味，方可不误、少误和不出大误。无悟的人生是难以想象的，乱悟的人生同样是极其可怕的。悟，应该颇有讲究，要存实际的想法，要做正确的计算，要搞恰当的比较，要作合适的选择，须实事求是，须合情合理，须有根有据，须高尚情怀的养就。唯如此，"悟"方可规避"误"、减少"误"，悟出个人生的真谛来。

◁)) "误"与"悟"

"先"与"贤"

贤者，是具有才德、拥有声望、受人尊重的人。"贤"的造就，是要力行一把"先"的功夫的。正己要在"先"。恩德要在"先"。修学要在"先"。聚能要在"先"。贤人也并不高不可攀，只要在向好向善向上向美上奋力争先，常人也可成圣贤。

因为工作的缘故，笔者每年总有一些机会下下基层，走走企业，看看车间。下基层的收获很多，有个现象给我很深的印象：在一个地方或者在某个人群中，总有那么几个人，虽然无职无权，但德高望重，说话很有分量，是开展群众工作的重要依靠力量，让人打内心地佩服。这种人道德高尚，享有威望，对周边有广泛的影响，应该就是人们所称的社会贤能。

笔者曾向几位贤能讨教过如何拥有这般神奇魅力的奥妙，他们的回答简单而又朴素：帮人在先，求人在后。他们的回答也让我想到了"先"与"贤"之间的辩证关系。

有道德、有才能，方可称为"贤"。时间在前或是次序在前，才可叫之为"先"。乍看起来，将"先"与"贤"捏合在一起似乎有点强拉硬扯，但从"贤"的境界造就规律看，"先"是"贤"之因和基，"贤"是"先"之果和成。只是要特别强调的是，这个"先"是从善之先、向好之先、利人之先、勤劳之先，而不是从恶之先、向坏之先、利己之先、懒惰之先。

"千古圣贤总入诗。"贤者，是具有才德、拥有声望、受人尊重的人。但凡积极向上之人，都是向往"贤"、追求"贤"、争当"贤"的，但"贤"的造就，尤其是"贤"得被人广泛所认同、叫人不得不佩服，则是要力行一把"先"的功夫的。

正己要在"先"。"身正不怕影子斜""其身正，不令而行；其身不正，虽令不从""正己方能正人"，这些俗语和古训道明了正己在先的重要。要当贤人，则得先做身正之人。要做身正之人，就得有思想、有理智、有境界、有胸襟、有爱心、有责任、有担当、有诚信，就得讲公理、守公德，言行一致，表里如一，就得严于律己、率先垂范，希望别人做的自己首先做到，不愿别人做的自己坚决不做，就得在言行举止上利他利社会。通过正己的修炼和践行，让善良流淌心底，让坚强刻进生命，让自信扬在脸上，让正气融进全身。做到了这些，其说话不仅拥有底气和分量，而且具备很强的折服力与感召力。

恩德要在"先"。"赠人玫瑰，手留余香。"要在力所能及的范围内，不吝惜自己的所有，多给他人和社会做好事、办善事，多给人以恩惠、恩情和恩义。人心都是肉长的，心智正常的人都会记得别人对自己的好，都会钦佩为社会作出贡献的人。对他人和社会积有了恩德，你的主张自然就容易被人所接受。多积恩德并不难，其要义就是，多看人长处，用欣赏的眼光对待别人，对人多信任、多鼓励、多赞扬、多鞭策；多想人的好处，想别人的优点，想别人曾经的滴水之恩；多帮人难处，见人有难不能无动于衷和麻木不仁，而是要多关心、多过问、多帮助，拥有一颗怜悯心和一腔热心肠。

修学要在"先"。"要当先生，先做学生。"贤人之所以为贤人，只因先学先问。要把自己打造成一个在某一群体具有威望和威信的人，先知先觉和见多识广是一个必备的素质，而要做到这一点，别无他法，只有先于别人多多学习，学习书本知识，学习实践经验，学习时事政治，学习政策法规，学习时代的新知识、新手段，并且做到学思结合、学用结合。"胸中书传有余香""腹有诗书气自华"，有了先于别人的学识和见地，自然便就拥有了当"先生"和贤人的条件，自然就会赢取别人的信赖与配合。

聚能要在"先"。在某种程度上说，贤人又是能人，是出主意、想办法的人，是某一群体的"主心骨"和"顶梁柱"，必须在能力的造就上先于别人。要在各种矛盾处理的实践中学会感悟，学会提炼，学会总结，学会表达，学会沟通。要善于面对问题，善于思考问题，善于研究问题，善于解决问题。有了过硬的本领和管用的招数，自然便在人群中树起了"信得过"的形象，甚至还会成为众人心中的偶像。

　　贤人是高尚的人、纯粹的人、有道德的人、脱离了低级趣味的人、有益于人民的人，令人倍加尊敬和无限崇拜，一个有希望的民族和进步的社会自然呼唤拥有更多的贤人。贤人也并不是高不可攀，只要在向好向善向上向美上奋力争先，常人也可成圣贤。

🔊 "先"与"贤"

"先"与"险"

社会的发展和文明的进步，总是呼唤着有更多的人去争取"先"、获得"先"的。但从"先"的产生普遍规律看，实则是呼唤着人类要敢于冒险，敢上"九天揽月"，敢下"五洋捉鳖"，敢想前人之未想，敢试前人之未试，敢走前人之未走，敢做前人之未做。

"不入虎穴，焉得虎子"的来历可能有很多人并不清楚。其实，它说的是东汉时期的班超受汉明帝派遣出使西域的成功经历。

公元73年，班超的人马，不怕山高路远，千里迢迢，在规定的时间到达了目的地，受到了鄯善王欢迎，并被奉为上宾。但恰在此时，匈奴也派使者来和鄯善王联络感情，匈奴使者趁机在主人面前说了东汉许多坏话。鄯善王便在第二天改变了对班超的态度，甚至派兵予以监视，班超一行骤然变得危在旦夕。在此不利的形势下，班超急中生智，并对随行的人说："只有除掉匈奴使者才能消除主人的疑虑。"可是匈奴人兵强马壮，防守又很严密，班超的人马却不多，随行的人觉得太冒险。班超果断地说："不入虎穴，焉得虎子！"这天深夜，他们兵分两路，一面放火烧帐篷，一面击鼓呐喊。在不知底细和毫无准备的情况下，匈奴使团阵脚大乱，不是被大火烧死，就是被乱箭射死。鄯善王得知后为之一惊，最后坚信了班超此番的诚意，便和班超言归于好，也与东汉建立起友好的关系。

从此以后，"不入虎穴，焉得虎子"，便用来表达不冒危险，就难以成事的道理。

这个历史故事，也让笔者想到了"先"与"险"所含的意义及其之间的辩证关系。

赶在时间的前面，或是次序排在前，称为"先"。它是时间把控的最及时和最关键，是所处位置的最突出和最显眼，但它不是平庸者、迟钝者、懒惰者和胆小者所能企及的，它只是上进者的美好追求，在实际中它还往往只被有目标、有实力和敢于排除万难的人所获得。只有抢占最佳时间或是获取最显位置的人，事业的成就就最容易得到广泛认同，其生命的价值就更能得以体现。如果所得的"先"还具有破纪录、扭乾坤、划时代和里程碑意义，那这个得"先"之人就成了耀眼的了不起的角色，往往还会被载入人类的史册，让后人们永远地记起和借鉴。被写进历史的各行各业的先行者、探索者、发明者、发现者、开创者、创始者、缔造者、奠基者、改革者、创新者等，就是这样的得"先"之人，令人无限钦佩，也为子孙后代们所颂扬。

可能遭受的灾难或失败，或是难以做成的事情，抑或是不易通过、不易抵达的地方，谓之"险"。它常指所从事的工作，或所要解决的问题，或所挑战的对象，或要到达的地方存在一种潜在的状态，这种状态的发生可能危及身体、生命，或者损失财产和利益，或者引发人文、自然环境的破坏。一般的人为了安全和自保都害怕遭遇"险"，都会作出回避"险"的选择。只有有胆有识的人才会不怕"险"，并千方百计克服"险"、排除"险"、战胜"险"。

多半的情形是，"先"与"险"又是不能脱离的。第一个发现中草药的神农氏，第一个发现新大陆的哥伦布，第一个绕地球环行的麦哲伦，第一个登上太空的加加林，第一个行走于月球的阿姆斯特朗，第一个抵达南极点的罗阿尔德·阿蒙森……，这些敢"第一个吃螃蟹的人"，这些名副其实的"先"进分子，又有哪一位不是踏"险"而行、在吉凶未卜中闯荡的人？

宋代思想家、政治家、文学家、改革家王安石曾经说过，"世之奇伟瑰怪非常之观，常在于险远"，一代伟人毛泽东也曾指出，"无限风光在险峰"。"先"往往连着"险"，蕴藏于"险"，产生于"险"。一个人要想获取真正的"先"，就不能畏惧"险"、逃避"险"，而是要迎"险"而上，在"险"里当先锋，在"险"里争先机，在"险"里获先见，在"险"里得先知，在"险"里发先声。班超所说的"不入虎穴，焉得虎子"，就是"险"中的先发制人。那些墨守成规、人云亦云、畏手畏脚、贪生怕死的人永远不可能拥有"先"的气象和"先"的成就，只会落得个碌碌无为和平平庸庸，甚至还会招致束手就擒和坐以待毙的可悲下场。

社会的发展和文明的进步，总是呼唤着有更多的人去争取"先"、获得"先"的。但从"先"的产生普遍规律看，实则是呼唤着人类要敢于冒险，敢上"九天揽月"，敢下"五洋捉鳖"，敢想前人之未想，敢试前人之未试，敢走前人之未走，敢做前人之未做。

"世上无难事，只要肯登攀。"这世界实际上没有比心更高的山，没有比腿更长的路，只要你胸中有丘壑，有造福于人类的美好理想，胆大而心细、自信又倔强，去迎接和挑战各种潜在的"险"，耀眼的"先"就完全有可能为我们所问鼎、所折取。

🔊 "先"与"险"

"孝"与"笑"

　　孔子讲，孝敬父母最难的事情是"色难"，就是说最难的是给父母以好脸色看。"色难"，难就难在有一颗恭敬的心，难就难在有一个谦和的态度。

　　"慈母手中线，游子身上衣。临行密密缝，意恐迟迟归。谁言寸草心，报得三春晖。"唐代诗人孟郊的《游子吟》虽然已过去了一千多年，但至今却拨动着每一个读者的心。

　　"……带上笑容……常回家看看……哪怕给妈妈刷刷筷子洗洗碗……哪怕给爸爸捶捶后背揉揉肩，老人不图儿女为家做多大贡献，一辈子不容易就图个团团圆圆，一辈子总操心就问个平平安安。"上世纪末一首叫《常回家看看》的歌，通俗直白，旋律明快，不仅在那个年代传遍了大江南北，而且在当今还经常地被人们传唱。

　　这种反映父母子女依恋之情的作品之所以如此打动人心，经久不衰，就是因为它道出了父母恩德重如山，知恩报恩不忘本的原委，提醒着人们什么时候都要心甘情愿、深情满满地尽好孝，让父母因儿女的言行而高高兴兴。

　　孝，乃人之根，性之本，德之源，教之所。早在中国古代，就有"百善孝为先"的说法。在甲骨文中,"孝"字由上面一个"老"字和下面一个"子"字组成。后来逐渐将"老"字的下半部省略,就成现在的"孝",其基本的寓意是,儿女长大了,父母变老了,儿女承担着父母、顺从着父母,让父母安享晚年,得到天伦之乐。孝,是人道的第一步,一直被视为是人间应该秉承的传统美德。

父母是源,父母是根,父母的恩情比山高,比海深。或许,有的父母并没有给儿女以好的人生起跑线和成长平台,也不能给儿女以金钱、地位和名誉。但是,天下所有的父母却都给了儿女以宝贵的生命,并含辛茹苦地把儿女养育成人,把最深的牵挂放在儿女身上,把最无私的爱献给了儿女。小羊跪着吃奶,小鸦反哺老鸦,一个人如果对父母都不感恩、不行孝,就不要再谈什么"老吾老以及人之老,幼吾幼以及人之幼",只会是一个畜生不如的角色,必然为人类所不齿。

只是要明白的是,尽孝绝不仅仅是给父母以物质上的满足,而是要真心诚意地付出,让父母安心、放心和开心,多给父母以欣慰,不给父母以烦恼。

现实中,总有一些儿女叫屈,说什么"我们那父母从没少其吃、少其穿、少其用,有病看医生,无病让其玩,但他们就是不满意,总是唠唠叨叨,还说我们这也不孝那也不孝,我们真不知道哪样才叫尽孝"。在他们眼中,尽了孝道却得不到认可,是父母不讨尊重、不通人情和胡搅蛮缠。

毋庸置疑的是,爱儿女始终是父母的天性。父母如果对儿女的孝存在不满，多半不是父母的错，而是要在孝的方式和孝的内容上找原因的。

其实，诚恳的孝、走心的孝总是连着微笑的"笑"的。

因为，尽孝，说到底是让父母的精神得到慰藉、心灵得到安抚，让父母觉得因儿女的出色而脸上常挂满意的微笑。儿女有一份合适的工作让父母衣食无忧，实现父母没有完成的心愿；不让父母为儿女的品行、身体、家庭、事业等去操心、担心和烦心；儿女还不时地有这样或那样的喜讯来禀报。父母从儿女的表现中看到了"长江后浪推前浪，一代新人胜旧人"的喜人景象，哪有不笑逐颜开的。

因为，真心的孝，也是要自觉自愿和充满笑意的。父母是不能选择的，父母优秀当然是儿女的福分，父母不优秀也是前世的缘分和今生的约定，儿女要懂得"子不嫌母丑，狗不嫌家贫"的道理，对父母始终做到感恩戴德。要经常想到父母养儿育女的艰难和不易，不怨父母的缺陷，不怨父母的落后，不怨父母的啰嗦，不怨父母的迟缓，不怨父母的年老体弱，不把父母当包袱、当负担，而是始终带着笑颜，带着真情，诚恳地尊敬，真心地包容，温馨地问候，耐心地听取，愉快地唠嗑，温和地说明，诚心地报答，甚至有时还要报喜不报忧，搞一些善意的欺骗，把尽孝看成是天经地义，情理皆然，发自肺腑，流于心端的天职。不能凭着性子，把父母当成"出气筒"，把好脾气留给外人，却把坏脾气留给最亲的父母。

孔子讲，孝敬父母最难的事情是"色难"，就是说最难的是给父母以好脸色看。"色难",难就难在有一颗恭敬的心,难就难在有一个谦和的态度。有些儿女动不动就把父母当佣人一样使唤,稍遇不顺就对父母一通发泄,从来不给他们好颜面。儿女的不经意态度,往往伤害父母最深,父母即便享受儿女提供的锦衣玉食也难以感受儿女的孝顺。

父母在,人生尚有来处;父母去,人生仅剩归途。尽孝是不能等的事,而要取得行孝的效果,就要像歌词中所唱到的,"带上笑容""常回家看看",让父母的有生之年在儿女的和颜悦色中感受"孝"、享受"孝",并使之为儿女的虔诚与出色洋溢出满意的微笑

🔊 "孝"与"笑"

"信"与"兴"

　　心中有信仰，行为有方向；脑中有信念，意志必笃定；胸中有理想，脚下有力量。人民有信仰，国家有力量，民族才有希望。政党的兴旺，民族的强盛，军队的建设，必须把信仰信念理想的教育挺在前面。要打造成功的人生，同样要把信仰信念理想扎牢筑实。

　　好久没看电影了，前些天，却在儿子的邀请下去影院看了由著名导演梅尔·吉布森执导的《血战钢锯岭》。这是一部战争历史片，说的是"二战"上等兵军医戴斯蒙德·道斯的真实经历。

　　在1942年太平洋战场上，戴斯蒙德·道斯拒绝携带武器，不愿举枪射杀任何一个人，他因自己的做法受到同行的排挤，甚至上了军事法庭，但他始终没有放弃自己的信仰和原则。尽管体格瘦弱，但他无惧枪林弹雨，誓死拯救每一个受伤者，在冲绳战役中赤手空拳救下75位战友。他因此成为美国历史上唯一未杀一人却获得美国国会荣誉勋章的反战英雄。

　　连日来笔者的心情一直被电影的画面和情景所震撼，让人切实地感受到信仰的无限力量。

　　由此，它让人想到了中国共产党的发展历程，想到了中国

211

工农红军长征的伟大胜利，想到了中华民族崛起的根本原因。

中国共产党的历史，是一部血泪史，有多少位革命先烈为之抛头颅、洒热血；是一部成长史，经历了无数挫折，仍然能够成长与壮大，从 50 多名党员的小党成长为有着 9000 多万名党员的执政大党。中国共产党之所以能从"星星之火"发展到"燎原"之势，并且已成为中国特色社会主义事业的领导核心，就是因为自其成立之初起就树立了远大的理想，始终以马克思主义理论为指导，始终以为中国人民谋幸福、为中华民族谋复兴为初心和使命，以人民利益为利益，以人民福祉为福祉，始终代表中国先进生产力的发展要求，代表中国先进文化的前进方向，代表中国最广大人民的根本利益，并以实现共产主义为最高理想和最终目标，始终拥有自己的精神支柱和政治灵魂。

1934 年 10 月至 1936 年 10 月，中国共产党领导的红一方面军、红二方面军、红四方面军和红二十五军分别从各苏区向陕甘苏区实行战略转移，其中红一方面军行程为二万五千里。在整整两年中，红军"风雨浸衣骨更硬，野菜充饥志越坚。官兵一致同甘苦，革命理想高于天"，转战十四个省，历经曲折，战胜了重重艰难险阻，保存和锻炼了革命的基干力量，将中国革命的大本营转移到了西北，为开展抗日战争和发展中国革命事业创造了条件。红军长征的胜利，是人类历史上的奇迹，习近平总书记将其总结为"一次理想信念的伟大远征"，并指出"长征的胜利，是中国共产党人理想的胜利，是中国共产党人信念的胜利"。

中华民族曾经一度积贫积弱，备受欺凌，被西方人讥讽为"东亚病夫"。但在中国共产党的领导下，中华民族不再低三下四，而是不仅"站起来"，而且"富起来"，并朝着"强起来"的方向迈进，离伟大复兴的目标也越来越近。之所以这样，就是中华民族在中国共产党的带领下，拥有道路自信、理论自信、制度自信和文化自信，并在这样的信念的引领下发愤图强。正如习近平总书记指出的："经过几千年的沧桑岁月，把我国五十六个民族、十三亿多人紧紧凝聚在一起的，是我们共同经历的非凡奋斗，是我们共同创造的美好家园，是我们共同培育的民族精神，而贯穿其中的、更重要的是我们共同坚守的理想信念。"

看来，坚守信仰，坚定信念和理想，对一个政党，对一个军队，对一个民族是多么的重要。

其实，个人的成长又何尝不是这样？

司马迁是抱着"究天人之际，通古今之变，成一家之言"的理想，用自己坚定的信念，忍受身体惨遭宫刑的痛苦，最终完成了《史记》这一"史家之绝唱"。曹雪芹就是坚定10年不动摇的信念写下中国古代小说之巅峰的《红楼梦》。听力缺陷的贝多芬，用自己坚强的信念作为自己的双耳，最终给世人留下诸多经典名作。托尔斯泰坚定37年不变之志打造出了《战争与和平》……他们正是凭着坚定的信念，才走向了成功的彼岸，成就了个人辉煌，推动了社会发展。

信者，兴也。信仰、信念和理想如同浩渺星空中的北极星，是我们生命的方向；是熊熊燃烧的烈火，不论何时都给予我们战胜一切的力量；是心中的一盏明灯，不论我们如何狼狈不堪却能将我们的心灵照亮。它可以使贫困的人变成富翁，使黑暗中的人看见光明，使绝境中的人看到希望。

但在现实中总有那么一些人"不信马列信风水""不问苍生问鬼神"，或者信奉金钱至上、名利至上、享乐至上，心里没有敬畏，行为没有底线。这样的人沉溺于吃喝玩乐，满足于混混日子，犹如行尸走肉，很有可能走向违法犯罪的深渊。这样的人也必然会受到他人的蔑视和社会的唾弃。

心中有信仰，行为有方向；脑中有信念，意志必笃定；胸中有理想，脚下有力量。人民有信仰，国家有力量，民族才有希望。政党的兴旺，民族的强盛，军队的建设，必须把信仰信念理想的教育挺在前面。要打造成功的人生，同样要把信仰信念理想扎牢筑实。

◁» "信"与"兴"

"心"与"形"

> "心"是"形"之因，"形"是"心"之果；"心"的品质决定着"形"的好坏，"形"的美丑取决于"心"的修炼。其实，相由心生，境随心转。一个人的形象从来就隐含着其所走过的路、读过的书、爱过的人、经过的事和流过的汗，反映着其内心世界的品质。

随着网络的普及，汉语词汇也不断地出奇出新。

"颜值"一词就是这样的产物，并被坊间广为使用，意指人的外貌、身材和长相。男人英俊、女人漂亮，被称作颜值高；相貌平平，被叫作颜值一般；长相难看，则被冠之以颜值低。爱美是人的天性，正常的人都不希望自己颜值低。于是乎，为了有个好颜值，美体、美容、美发，乃至细到美肤、美眼、美鼻、美唇、美腿、美甲、美胸等，不仅被一些爱美的人所热衷，而且催生了一个不容小看的美容业。

追求外表的美，什么时候都没错。可残酷的现实是，再美的外表也战胜不了岁月的无情。但人的精神长相一旦修成，却会经得起时间的考验，始终让人敬佩和艳羡。

难怪有人说，喜欢一个人，始于颜值，敬于才华，合于性格，久于善良，终于人品。而精神长相，来自于人的心灵。这不由得让我想到了"心"与"形"在美的追求和人之修为中的至关重要。

"心"，最直接的意义是指有形之心，处在胸部左侧肺部之中，形似倒垂未开之莲，是生命的神之舍、血之主、脉之宗。它还常被引申为无形之心，指人的思想追求、精神境界、情感表达和心灵景象。这里采用的便是"心"的引申之意。

"形"，既可用于人也可用于物，用在人身上主要指体态、姿势、表情、面貌、样子等给人直接感受的外在表现。

表面上看，"心"与"形"应该没什么关联，但从人的形象树立规律看，它们却有着明显的因果关系："心"是"形"之因，"形"是"心"之果；"心"的品质决定着"形"的好坏，"形"的美丑取决于"心"的修炼。

现实中，总有那么一些人热衷于外表的修饰，但并不明白"心"与"形"的这种因果，更没有按照其运行规律去行事。他们尽管在外观上把自己装扮得有模有样，甚至是相貌堂堂，但衣着跟风，姿态扭捏，眼光庸俗，谈论粗鄙，举止粗鲁，交往不懂礼节，说话不知轻重，一问三不知，二问马脚露，兴许与人初见时能留下怡人的"形"，但一旦深入接触却如"绣花枕头"或是"空心汤圆"，虚有其表，华而不实。这种人苦心打造的只是昙花一现的外在之"形"，虽有益于初次相见，但无助于长久的欣赏和持久的合作。这种人要想收获成功的人生，是不可思议的事情。

其实,相由心生,境随心转。一个人的形象从来就隐含着其所走过的路、读过的书、爱过的人、经过的事和流过的汗,反映着其内心世界的品质。

那些具有学习之心的人,其"形"才会活力四射。正如三毛所说:"读书多了,容颜自然改变,许多时候,自己可能以为许多看过的书籍都成过眼烟云,不复记忆,其实它们仍是潜在气质里、在谈吐上、在胸襟的无涯里。"拥有学习之心并付诸行动的人,其行为表现自然便是与时俱进,从不落后,散发出一种时代的气息。

那些具有平和之心的人,其"形"才会稳健泰然。他们视起伏得失为生命的常态,既尽力而为,又顺其自然,从不惊慌失措、手忙脚乱,也不懊恼不已、狼狈不堪,最容易赢得他人的信赖。

那些具有仁爱之心的人,其"形"才会正大光明。他们把"己所不欲,勿施于人""己欲立而立人,己欲达而达人"和"老吾老以及人之老,幼吾幼以及人之幼"等古训化成自觉的行动,想人好处,帮人难处,看人长处,容人短处,也享受着"爱人者,人恒爱之;敬人者,人恒敬之"的回馈。

那些具有谦让之心的人,其"形"才会完美无损。在功名利禄的获取上,他们不只考虑自己,还要考虑别人,拥有"七分合理,八分也可以,那就只拿六分"的胸襟,其结果他们总能获取恒久的支持与配合。

那些具有感恩之心的人,其"形"才会润泽丰盈。他们吃水不忘挖井客，乘凉常思栽树人，不念人过，不思人非，不计人怨，最终，施及别人，惠泽自己，人生的道路越走越宽广。

那些具有悔悟之心的人，其"形"才会清新绵长。他们懂得"人非圣贤，孰能无过？知错能改，善莫大焉"的道理，误入禁区懂收脚，到了悬崖知勒马，成了浪子思回头，明白无知赶快补，及时悔悟，及时修正，让暗淡之"形"重放光彩。

"形"的美不美，关键在于"心"。一个人要拥有持久和过硬的高颜值、好形象，在注重仪表的同时，实则不可忽视学习之心、平和之心、仁爱之心、谦让之心、感恩之心和悔悟之心的造就，不做红尘俘虏，不成欲望奴隶。倘如此，即便貌不惊人，抑或才不出众，你的"形"始终是一道亮丽的风景。

◁)) "心"与"形"

"秀"与"修"

优"秀"从来就是"修"成的，需要不断地修体、修心、修学、修能和修行。修体，是养成健康的体魄，修心，即是修身养性。修学，就是坚持学习不停步。修能，就是锻造为人做事的水平和能力。修行，就是躬身践行，培养意志品质。

但凡拥有进取心的人都是不愿意过得平平庸庸的，而是希望自己拥有不平凡的表现，起码是不断地超越自己，最好是做人上之人，成为某类人或某行业的一枝独"秀"。

这里的"秀"，不是卖弄，不是走秀，不是做样子，而是出色、优秀、优异，是卓尔不群，是出类拔萃，是一种创先争优的好状态、好结果。但从争"秀"、当"秀"的规律来考察，"秀"者无一能脱离好"修"为。

"修"，多义字也，但笔者这里则主要指身体的锻炼、心智的磨练、学问的积淀、能力的打造、品行的养成。

从这个意义上来说，"秀"与"修"便有了必然的联系。"修"是"秀"的前提，"秀"是"修"的结果，并且"修"的态度与程度决定着"秀"的水平与品质。

有些人尽管拥有外表的"秀"，如果忽视内在的"修"，也只会是金玉其外，败絮其中。一句话，真正的"秀"，不是想有就有的，也不是靠运气就能碰到的，更不是天上能掉的，而是靠后天认认真真地"修"出来的。

孟子曰："天将降大任于斯人也，必先苦其心志，劳其筋骨，饿其体肤，空乏其身……"讲的是一个人要担当大任、有所成就，就要经得起吃苦耐劳的磨练，受得住各种挫折的磨难，造就坚忍的性格，拥有原来所没有的才能。曾国藩讲的"能吃天下第一等苦，乃能做天下第一等人"和俗语所说的"吃得苦中苦，方为人上人""成人不自在，自在不成人"，说的是一个人只有吃得起千辛万苦，才能获取功名利禄，成为别人敬重、爱戴的强人和能人，更是直接道明了"秀"与"修"关联之深厚。

然而，在现实生活中总有那么一些人眼光很高、梦想很多、抱负很大，向往出新出彩、出人头地，盼望成名成家、成风尽垩，祈求众星捧月、众望所归，但在做人上唯我独尊，学习上浅尝辄止，工作上拈轻怕重，生活上贪图享受。这种人不仅不会有"秀"的景象，还会落下好吃懒做、游手好闲等不良印象，甚至还会背上"啃老族""吸血鬼""寄生虫"等骂名，受到社会的谴责和鄙视。

其实，优"秀"从来就是"修"成的，需要不断地修体、修心、修学、修能和修行。修体，是养成健康的体魄，为追求精彩的人生铸就足够的精气神。修心，即是修身养性。用"温、良、恭、俭、让"正人君子的要求来修炼，做到非礼勿视，非礼勿言，非礼勿听。把握好情绪，控制好心情，不以物喜，不以己悲，始终用向上向好向善向美的状态养就大眼界、高境界和宽胸襟，为经营出色的人生奠定好心态、好性情。修学，就是坚持学习不停步。做到立身以立学为先，以学习弥补自己的不足，以学习开启未知的世界，以学习照亮前行的道路。学习做人的方法，学习行规习俗，学习大政方针，学习人文素养，学习业务知识，学习新技术、新手段，将自己培养成所在门类的行家里手，为获取优异的表现奠定厚实的功底。修能，就是锻造为人做事的水平和能力。通过不断地实践与训练，不断提升应对各种局面的能力，不断掌握所操行当需要的各种特殊本领。在当代，尤其要培养学习能力，让自己永远跟上时代的步伐。能力的获得兴许有禀赋差异，但坚持了"人一能之，己百之；人十能之，己千之"的古训和笨鸟先飞的"愚"办法，无能也能转化为有能。拥有了高超的能力，就拥有了追求卓越的资本。修行，就是躬身践行，培养意志品质。围绕心中设定的目标，坚持做、做坚持，反复做、做反复，认真做、做认真，不管遇到多大困难与挫折，咬定青山不放松，不达目的决不罢休。修行修出了"韧"劲头，追"秀"便拥有了真功夫。

"宝剑锋从磨砺出，梅花香自苦寒来。""秀"是耀眼的、夺目的，也是苦人的、磨人的。能成为某群人或某行业的佼佼者，着实是人生中的一大快事，也为人所崇敬、所称颂。但是"秀"的背后却蕴藏着深深的"修"、实实的"修"、苦苦的"修",不明白这个道理,不愿为这个道理而付出,就不要去奢望优秀。

"秀"与"修"

"需"与"须"

　　"需"与"须"还是有区别的，大体上相当于英语的"need"和"must"，"需"就是"need"，"须"则就是"must"。人的一生实质上就是"需"与"须"的组合、"需"与"须"的贯通、"需"与"须"的转换、"需"与"须"的促进

　　"须"和"需"都念"xū"，不仅同音，而且近义。它们可构成完全相同的词组，如"必须"和"必需"，"须要"和"需要"，意义极其接近。每逢用时，常令人模棱两可，举棋不定，下笔艰难，出现不知用谁为好的麻烦。

　　其实，"需"与"须"还是有区别的，大体上相当于英语的"need"和"must"，"需"就是"need"，"须"则就是"must"。

　　"需"，主要是指需要、想法、愿望、希望、欲望，偏重于需求、想要之意，是人的一种内在动机和内生动力。以"需"组成的"必需"或"需要"，后面连接的多是名词类词语。

　　"须"，则偏重必须，着重事理上、情理上的必要，或者强调一定要，是一种意志的强求和责任的担当，其后常常连接动词或动性较强的词语。

　　"需"与"须"又是有联系的，"需"的满足需要"须"的努力，

"须"的行为与表现可以促成"需"的实现。只有"需"的愿望没有"须"的付出,"需"就是空想;只有"须"的劳动没有"需"的目标,"须"的表现就会流于一种盲目与盲动。

将"需"与"须"的联系与区别运用到人生的打理与经营则别有一番意味。

人活世上没有"需"的想法是不可想象的,没有"须"的表现也是不可思议的。

人的一生实质上就是"需"与"须"的组合、"需"与"须"的贯通、"需"与"须"的转换、"需"与"须"的促进。换言之,人的一生就是想法、行动,再一个想法、再一个行动,又一个想法、又一个行动的循环往复,是想法与行动互相转换的进行时,是想法与行动的结合体,谁遵循和践行了这一法则,谁就拥有丰富而完美的人生,谁违背了这一定律,谁的人生不是失败也是平淡无奇。

在现实生活中,总有那么一些人不仅知识浅薄,对"需"与"须"的意义含混不清,而且在人生的料理中脱离了"需"与"须"的要义。

最突出的表现就是只有"需"而没有"须",或者说欲望多多、想法多多、需求多多而行动少少、付出少少、必须少少。这种人只想收获不想耕耘,只想索取不想奉献,只想享受不想吃苦,对待别人拥有的都想拥有,但就是不愿意付出背后的努力,不愿意履行"需要"中所隐含的"必须"行动,其结果不仅不会顺水顺风、遂心如意,还会演变成心理上的"羡慕嫉妒恨"和"空虚寂寞冷",同时还会落下"空想主义""想法先生""徒羡人士"等笑柄,为人所不齿。

人是应该有需要的,而且需要推动着人的革新与成长。人只有生发出一个又一个的需要和想法,才拥有了希望、憧憬和向往,才会面向未来、走向前方。有需要无疑是正常人的表现。问题是需要不会自动满足,而是要靠人的主观努力,靠践行所需要内容的运行规律,要求一步一个脚印去达到、一点一滴去填充。肚子饿了要充饥,要充饥就必须找充饥的东西,要找充饥的东西就必须花钱买或者动手做,只有"需"与"须"一环套一环,充饥的需求才能得以保障,不然充饥这样简单的愿望也达不成。只有将"需"与"须"有机地捆绑在一起,一个人才不只是正常的,而且是积极主动、健康向上的。一个社会也只有将"需"与"须"紧紧地拢在一块,才能有发展、有进步,呈现出生机勃发之景象。

按照世界著名心理学家马斯洛的理论,人的需求分为生理需求、安全需求、社交需求、尊重需求、自我实现需求五个层次,并且只有低层次的需求得以满足后才可以生发高一层次的需求。其实,大千世界,纷繁复杂,人的需求,也是多种多样。从不同的维度来划分,人的需求大体应有生理与心理、简单与复杂、基本与多样、物质与精神、低级与高级、显性与隐性之别。那么一个人需要什么,怎么满足,反映着其所处的生存状态与水平,也折射着其思想境界与高度。明白"需"与"须"要义的人,必然就会不断地按照"必须"的要求去做好相应的

225

工作，去满足现实的"需要"，然后再生发更高的"需要"，再用"必须"的要求去应对。这样的人必然会希望多多、收获多多，必然会拥有超然的成就和成功的人生。

🔊 "需"与"须"

"义"与"益"

从"义"的功能与作用看，"义"者，"益"也。"义"，是一种道义的维护，是一种秩序的遵循，是一种为人做事的尺度。推行"义"，于己、于人、于社会，都是百益无一害。

"义"，是一个多义字，而笔者这里谈的是其首要意义，指的是公正合宜的道理或举动。《论语·里仁》中的"君子喻于义，小人喻于利"和《论语·为政》中说到的"见义不为，无勇也"，以及儒家学说倡导的"仁、义、礼、智、信"中所谈到的"义"，就是这个意思。一个人的言行举止合符道德、体现公正、适合时宜，就是"义"的表现。一个社会，如果人人追"义"、个个讲"义"，必然好处多多，于是笔者便想到另一个谐音的"益"字。

将"义"与"益"连在一起，并非是牵强附会的"拉郎配"，而是从"义"的功能与作用看，"义"者，"益"也。"义"，是一种道义的维护，是一种秩序的遵循，是一种为人做事的尺度。推行"义"，于己、于人、于社会，都是百益无一害。

"义"有益于身心。一个人一旦"义"字当头，考虑问题就会推己及人、将心比心，不存坏心计，不谋缺德利，不说刻薄话，不干亏心事，所想所言所做都是合乎人情，合乎常理，合乎规矩，经得起考量，经得起追问。这样的人灵魂圣洁，精神富有，从来不担心半夜恶鬼来敲门，问心无愧，心安理得，身心愉悦。

"义"有益于他人。"义"者，遵守公德，讲究道德，拥有美德，以德待人，用德处事。重"义"的人理解人、尊重人、爱护人、关心人、帮助人。践"义"的人从来就是向好向善，勿以恶小而为之，勿以善小而不为。他人与有"义"的人相处，就是与高人相处，同贵人结伴，收获的是好感觉，得到的是正能量。

"义"有益于社会。"义"一旦成为一种风气，社会的成员都会自觉地按照角色的社会期待各守其位，各司其职。这样的社会民主会得到发扬，法治会得到落实，公平会得到维护，正义会得到彰显。大家互帮互助，诚实守信，平等友爱，融洽相处。一切有利于社会进步的劳动、创造和成果都会得到尊重、支持和肯定。社会管理也会不断有序，社会民众安居乐业，人与自然也会和谐相处。

毋庸讳言，在市场经济条件下，现实生活中有些人滋长了个人主义、享乐主义、拜金主义和自由主义，淡薄了民族观念、国家观念、社会观念和集体观念，只讲权力不讲责任，只讲权益不讲义务，只讲索取不讲奉献，只讲自己不讲他人，只讲个体不讲整体，把"义"踩在脚下，将"利"举过头顶。这种人看似有所得，却损害了他人和社会，实际上失去了大"义"，终将无益于自己，还会"多行不义必自毙"。

其实，中华民族一直拥有重"义"的优良传统。"精忠报国"，"位卑未敢忘忧国"，一直是推动中华民族不断前进的巨大力量。

"富贵不能淫，贫贱不能移，威武不能屈"，"人生自古谁无死，留取丹心照汗青"是中华民族崇高的民族气节。"为国分忧，为民解难"，"以天下为己任"是所有爱国人士的崇高理想。"先天下之忧而忧，后天下之乐而乐"，"居庙堂之高则忧其民，处江湖之远则忧其君"是中华民族的一面旗帜。在义利关系的处理上，强调为民族、为国家的优秀道德品质，推崇"义以为上"，"以义统利"，"先义后利"，要求"见利思义"，"见得思义"；倡导"仁爱"的人道主义精神，要用"仁爱"之心去对待他人；提倡父慈子孝、夫义妻贤、兄友弟恭，待友诚信、为人正直、处事循义，尊老爱幼、尊敬师长、抚贫怜弱；在家庭的和睦和社会的稳定上，要尽到自己的义务，做到"穷则独善其身，达则兼济天下"。时代发展到今天，所确立的富强、民主、文明、和谐，自由、平等、公正、法治，爱国、敬业、诚信、友善的24字社会主义核心价值观，就是对中华民族重"义"传统的继承和发扬。

做人要做有益的人，方可拥有做人的价值。要有益，就得在个人与他人、个人与社会、个人与国家的关系处理上讲"义"、重"义"、践"义"，做到义不容辞、义无反顾、义薄云天。当前，最直接最现实的讲"义"，就是从自己做起、从身边做起、从小事做起，认真践行好社会主义核心价值观。

◁» "义"与"益"

"忧"与"有"

　　没有危机是最大的危机，没有忧患是最大的忧患。正如一位诗人所说：有饥饿感的人一定消化好，有紧迫感的人一定效率高，有危机感的人一定进步快。有忧，方可常拥有；无忧，拥有也会变没有。

　　19世纪末，美国康奈尔大学科学家做过一个"水煮青蛙"实验：将青蛙投入已经煮沸的开水中时，青蛙因受不了突如其来的高温刺激立即奋力从开水中跳出来得以成功逃生。当把青蛙先放入装着冷水的容器中，然后再加热，结果就不一样了。青蛙反倒因为开始时水温的舒适而在水中悠然自得。当青蛙发现无法忍受高温时，已经心有余而力不足了，不知不觉被煮死在热水中。这个实验再一次验证了"生于忧患，死于安乐"的古训，也让人联想到了"忧"与"有"的辩证关系。

　　"有"，就是拥有、具备、占有，是一种天赐或是后天努力而获得的已有状态；而"忧"，则是忧虑、忧患，是一种不被胜利冲昏头脑的清醒，是一种对不测的防备与应对，是一种战战兢兢、如履薄冰的谨慎态度。

　　表面看来，"忧"与"有"似乎并没有什么联系，但从"祸

230

兮福之所倚，福兮祸之所伏"的规律来看，"忧"却是"有"的保障，"有"则是"忧"保持与扩充的。不管是个人的稳健发展，还是一个企业或组织的成长，抑或是一个国家或政党的建设，都不能忽视"忧"与"有"。

天生丽质，是父母的赐予；身体康健，是营养和保健的结果；今天的能力与水平，是个人努力兼外力的培养；职级的提升，是个人素养加组织的信任和岗位的需要；正当财富的增加，是因为平时的克勤克俭；事业的顺利，是因为得到了天时、地利与人和。一个人现在的拥有，都有一个拥有的缘由或成因，并不是完全个人的独有本事。懂得"忧"与"有"关系的人，总是奋发进取，不忘本来，开创未来，现在的拥有会变得不断充实和完善；不明了"忧"与"有"关系的人，要么沾沾自喜、忘乎所以，妄自尊大，要么消极悲观、灰心丧气，妄自菲薄，其结果不是好景不长，就是每况愈下。

成功的企业或组织都是重视"忧"与"有"关系的处理的。微软之所以能雄霸天下，最重要的一点就是具有强烈的危机意识，比尔·盖茨的一句名言就是"我们离破产永远只有90天"。闻名于世的波音公司，别出心裁地摄制了一部模拟公司倒闭的电视片，主要内容是在一个天空灰暗的日子里，公司高挂着"厂房出售"的招牌，振聋发聩的扩音器里传来"今天是波音公司时代的终结，波音公司已关闭了最后一个车间"的通知，员工们一个个垂头丧气地离开了工厂。该电视片在公司产生了巨大震撼，促使员工们以主人翁的姿态，努力工作，不断创新。我国的跨国企业海尔集团总裁张瑞敏一直倡导和践行"没有成功的企业，只有时代的企业"，曾当着全体员工的面，将带有质量问题的近百台电冰箱全部砸毁，使员工们产生了一种危机感与责任感，由此创造出了一套独具特色的海尔式产品质量和服务。

一个政党的强盛，更是要"有"中有"忧"、以"忧"保"有"、以"忧"增"有"。从毛泽东在新中国成立前夕发出的"进京赶考"和保持"两个务必"的警醒，到今天党中央向全党所警示的执政考验、改革开放考验、市场经济考验、外部环境考验和精神懈怠的危险、能力不足的危险、脱离群众的危险、消极腐败的危险，就是提醒全党必须始终保持清醒的头脑，常怀忧党之心，恪尽兴党之责。正是由于这种对"忧"与"有"的关系的清醒认识，我党才始终以实现中华民族伟大复兴为己任，坚持把马克思主义基本原理同中国具体实际相结合，团结带领全国各族人民不懈奋斗，战胜各种艰难险阻，不断取得革命、建设和改革的伟大胜利。特别是经过 40 余年的改革开放和社会主义现代化建设，我国综合国力大幅跃升，人民生活明显改善，国际地位显著提高，中华民族巍然屹立于世界民族之林，呈现出政治稳定、社会进步、经济发展、民族团结的大好局面。

我国古人所倡导的"忧劳可以兴国，逸豫可以亡身""居安思危，戒奢以俭""天下稍安，尤须兢慎，若便骄逸，必至丧败""先天下之忧而忧，后天下之乐而乐""居庙堂之高则忧其民，处江湖之远则忧其君"等训条，其实，也就是对"忧"与"有"关系的经典诠释。

没有危机是最大的危机，没有忧患是最大的忧患。正如一位诗人所说：有饥饿感的人一定消化好，有紧迫感的人一定效率高，有危机感的人一定进步快。有忧，方可常拥有；无忧，拥有也会变没有。

"有"而不忘"忧"，未雨绸缪，防患未然，实际上是生存和发展的智慧，是促进进步的催化剂和动力源。国家的强盛、民族的强大、政党的兴旺、企业的发展、事业的兴盛、个人的完善，都应避免"温水煮青蛙"效应，安而不忘危，存而不忘亡，始终拥有一种"狼来了"的危机感，常备一种"今天是起点"和"从零开始"的奋发意识。

◁» "忧"与"有"

"予"与"欲"

> "欲虽不可尽，可以近尽也；欲虽不可去，求可节也。"其实欲望最好的节制就是付出和给予。你若想被爱，就要先去爱人；你期望被人关心，就要先去关心别人；你想别人对你好，就要先对别人好。以"予"的方式来满足心中的欲望，定会使你顺心顺意。

从前有一个穷人救了一条蛇的命，蛇为了报答他，就让穷人提想法帮其改变命运。这个人一开始只要求简单的衣食，蛇都满足了他，后来慢慢地贪欲生起，要求做官，蛇也答应了他，一直保其做到了宰相。但此人还要求做皇帝。蛇最后明白了，这个人的贪心永无止境，于是一口就把他吞吃了。蛇吞吃了宰相，后来有人把宰相的"相"写成了大象的"象"。故此，便留下了"人心不足蛇吞象"的典故。这则典故引人深思，人的欲望没完没了，但毫无节制地贪得无厌，就会引来灭顶之灾。

欲望也不只是洪水猛兽，只要把控有度，将其掌握在一定范围，它却是人改造世界和自己的根本动力，是人类进化、社会发展的重要引擎。除此之外，一个人只要懂得付出和给予，合情合理的欲望不仅不会欲火焚身，还会得到"有理想、有抱负、有进取心"的赞许与称颂。

由此我便想到了"予"与"欲"这两个谐音汉字。

"予",与也,就是授予、给予之意,表示给人以钱物,或者为他人积下恩德、为社会作出贡献。

"欲",意义多种,但常用的意思却是想得到某种东西或想达到某种目的的愿望。

从字面看,"予"是给出去,"欲"是想得到,意思正好相反,"予"与"欲"似乎是一对不可调和的冤家。可从欲望得到稳健满足的规律考察,"予"与"欲"却是相反相成,给出的越多,得到的也越多,给出的越少,得到的也越少。从这个意义上来说,"予"的行动是"欲"的愿望得以满足的前提和条件,"欲"的愿望得以满足则是"予"的行动的造化与结果。

在现实生活中,总有那么一些人吃在嘴里,看在碗里,盯在锅里,想在心里,得了星星盼月亮,取了陇右又望西蜀。但他们却忽视"予"与"欲"的辩证关系,只知道收获不知道耕耘,只知道索取不知道奉献,只知道接受不知道给予,其结果不是欲而不达,就是贪小失大,抑或是身败名裂,遭到社会的抨击。那些历朝历代的贪官污吏和欺世盗名的角色都是这种货色,是"贪一时之利,毁一世之功"。

其实,欲望本身并不是什么坏东西。一个没有欲望的人是一具心灵死亡的僵尸,一个没有欲望的社会如同一潭没有生气的死水。人是欲望的产物,生命是欲望的延续,社会的文明与进步也是欲望的推动。所谓张扬人的个性、调动人的情绪、激发人的活力，说白了就是让人的欲望得到合理的满足。为了少用脚走路，于是有了汽车；为了多获取信息，于是有了网络；为了满足食欲，于是有了烹饪术。历史的推陈出新，人类的与时俱进，就是一个又一个欲望的撬动与满足。

然而，欲望却是一把双刃剑，一切欢乐皆由此来，一切痛苦也皆由此生，它可以使人成功，也可以使人失败，就看你怎么把握。它还是一面魔镜，能照出人的美丑；它又是一口陷阱，会使意志薄弱者上当受骗；它更是一把尺子，能量出人的品位与境界。只有懂得给予和付出的人，才会使欲望得以满足。那些功成名就的各种大家，都是大"欲"之人，但他们都是在给予后顺"欲"、在付出中达"欲"，不仅自我的价值得以实现，而且给人类带来了福音。

有人会说，我没有多大的聪明才智，也没有什么可给的东西，我就是有各种各样的欲望，难道我的欲望就没办法满足？一无所有的人也是可以给予的，只要你谨记"己所不欲，勿施于人"、"赠人玫瑰，手留余香"和"助人者，人恒助之"等信条，掌声、面子、信任、方便、礼节、谦让、理解、尊重、诚信、虚心、欣赏、感激、口德等都是你不费吹灰之力能做到的，而这些简单的东西恰恰又是人类所需要的，你尽可以给予。你给予的这些虽不是大智大慧、大恩大德，但却是在以"予"求"欲"，用"予"换"欲"，只要你的欲望不妨害他人和社会，你同样可以收获你心中所想。

"欲虽不可尽，可以近尽也；欲虽不可去，求可节也。"其实欲望最好的节制就是付出和给予。你若想被爱，就要先去爱人；你期望被人关心，就要先去关心别人；你想别人对你好，就要先对别人好。以"予"的方式来满足心中的欲望，定会使你顺心顺意。

◁》"予"与"欲"

"缘"与"愿"

> 缘是随愿而走的，有缘无愿，缘来了也会让你感受不到，只会与你擦身而过。愿到方可缘来，缘来因为有愿。有愿有缘，方可圆缘。

平时，我们总能看到这样一些现象：在判断一个人会不会与某人或某事有所交集时，在讲不清某人为什么在某事上很有造诣时，在对一个人没有达到预定目标痛苦而给予安慰时，在讲不清一些事情之所以发生的原委时，很多人常常用一个奇妙的汉字来应对，那就是"缘"。

把相逢叫作缘聚，将离散称作缘散；把两情相悦叫作投缘，将寻而不得称作无缘；把交道多交情深叫作缘厚，将交道少交情浅称作缘薄；把顺心顺意叫作圆缘，将事与愿违称作失缘；把突破常规的发生叫作奇缘，将注定的出现称作缘定；把美好的嫁接叫作良缘，将不好的结局称作孽缘。并开导对方要随缘、顺缘和化缘，要入乡随俗、随方就圆、随遇而安，要得之安然、失之坦然、顺其自然。

给人的感觉是，"缘"字犹如一个框，什么意料外的出现，什么冥冥中的安排，什么上天的注定，什么前世的诺言，什么爱恨情仇，什么悲欢离合，什么酸甜苦辣，什么喜怒哀乐，在讲不清道不明中，难以用道理来论证，就不管如意不如意，都将它们往"缘"里拣。

人也很古怪，只要接受和认定了这个"缘"，便从杂乱的思绪中、从迷离的现象里，骤然变得个豁达和清爽起来，再大的委屈也会舒展，再多的纠结也会释然，再大的疑团也会化解，再坏的情绪也会舒缓。"缘"，在人们的心灵抚慰中，在迷路人的方向指点中，似乎拥有一种神乎其神的作用。

其实，要是咬文嚼字，"缘"本身的意义绝没有这么玄，只是一个多义字，除了表示事物的原因和发生的机会外，还有命运、边线、沿着、顺着等意思。但在实际使用中，人们更多的是将其用在人与人的思想、情感或行为的互动后所出现的状态、状况的归因，用于付出后所获成果、结果、后果或是结局的解说。在人们的心目中，"缘"似乎就有了几分禅意，茫茫然而被人所信服、所认同，能让人忘却心中的狂躁和疑虑，荡去心存的不快与不满，变得个安宁和安静起来。

依着这样的理解，"缘"便意味着人生相遇的时空约定，象征着同趣共知的心灵碰撞，激荡出一幕又一幕的人间故事。这些故事，或可歌可泣、感天动地，或水波不兴、平平淡淡，或绊绊磕磕、不遂人愿。这样一来，"缘"实际上并不是人们常说的由天而定，不只是一个玄乎的概念，而是可以人为、可以努力而出现的机会，只是它需要"愿"的准备和"愿"的促成。

本来，世上就没有无愿之缘，任何情形的呈现都有其必然的逻辑和必然的法则。缘是随愿而走的，有缘无愿，缘来了也会让你感受不到，只会与你擦身而过。愿到方可缘来，缘来因为有愿。有愿有缘，方可圆缘。多半的情形是有多大的愿才会有多大的缘，有什么样的愿也会有什么样的缘。我们的人生就是由一个又一个的愿和一个又一个的缘所交织、所演绎、所组成。

在现实中，一些人总喜欢把"缘"简单地理解为是不可抗拒的天意或是不可思议的前世安排，该想的不去想，该做的不去做，还津津乐道什么"凡事天注定，半点不由人""命中有时终须有，命里无时莫强求"，与人不比，与世无争，过着"脚踏西瓜皮，滑到哪里算哪里"的日子。这种人心态倒是出奇的好，可总是感不到、看不见、抓不住让人生出彩的各种机缘，落得个平平庸庸和普普通通，在与不在，有与不有，都不会引起人们的多大注意。还有一种人，愿望虽不少，梦想也很多，但想的却是歪歪道，梦的也是斜斜路，不是损人利己，就是投机取巧，或是虚无缥缈，在人生的路上确实还是遭遇了不少的"缘"，但这些"缘"兴许给其本人带来了惊喜，但却给他人和社会带来了这样或那样的害。这样谋来的缘，是没有好结局或是好下场的孽缘。这种人不仅不能博取他人的称赞或同情，只会遭到众人的谴责和唾弃。

"缘"确实连着"愿"，但"缘"的性质决定于"愿"的有无、"愿"的强弱、"愿"的高低和"愿"的好坏。一个没"愿"的人，兴许不会与灾难接上缘，但永远不会与好运挨上边；一个对好景象、好风光不存多少盼头的人，其所收获的缘也多半不会好到哪里去；一个不怀好意的人更是永远不可能结下什么好的缘。有好愿兴许不一定就有好的缘，但没有好愿肯定不可结良缘。要天赐良机和喜结好缘，什么时候都要多怀好意、多行善愿。

　　缘分天注定，七分靠打拼。天上不会掉馅饼。种瓜得瓜，种豆得豆。没有耕耘，就没有收获。有了向好、向善、向上、向美的想法和愿望，有了在合适的时间和合适的地点而作出的合适选择，就要诚诚恳恳、踏踏实实，朝着既定的目标而奋进。一旦缘来，不管是深是浅，是长是短，都是心中的期盼，都是来之不易，都不可将之错过，都要好好地对待、好好地惜缘。

◁))"缘"与"愿"

"阅"与"悦"

看来"阅"与"悦",着实是一种读书人的好愿望,但它需要运气,需要机缘,也需要一定的分辨能力。好的文章,就是一件妙不可言的艺术品,让人喜不自禁、回味无穷、赞叹不已。

近些年来,随着互联网的兴起,"阅读"一词似乎被一个谐音的新词"悦读"所取代。在一些报刊、网站,甚至一些微信公众号都将阅读专栏演变成了"悦读"栏目。

其实,传统的"阅读"和时兴的"悦读"还是有细微区别的,前者是推什么读什么,后者在推送的同时还兼顾读者的心理感受,所以"悦读"栏目推送的文章往往注意题材、语言、思想、情感的出彩表现。"悦读",大概既有阅读之意,又有能使人喜悦之意,一语双关,体现了编辑们的读者情怀,也反映了现代读者对阅读的一种新期待:阅读应是一种快乐的高雅行为,既要用快乐的心情去阅读,又要从中读出快乐来。"阅"与"悦"相随,似乎便成了当下读者的一种新时尚和新追求。

真正的阅读和有效的阅读确实是应该与"悦"相随的。

人们阅读的目的无非有这么几种:要么获取新知,要么受到启迪，要么得到熏陶，要么收获消遣，要么前面几者兼而有之。沉重的心情，浮躁的心态，不安的心神，马虎的态度，被动地应付，敷衍塞责的蜻蜓点水，是绝然达不到这些目的的。只有将阅读当作一种神圣，当作一种自觉，当作一种习惯，当作一种快乐的轻松活，阅读才能真正进入状态，才能明白书或文作者的真实意图，才能与书或文中的情景、情节相融通，才能与书或文中的表达逻辑和运行思路相吻合，才会鉴赏到书或文中的一道道风景。阅读的过程有时可能并不轻松，但你用喜悦的心情阅读过后，你会听到花开的声音，你会嗅到阳光的香气，你会看到大树说话，小草跳舞，你会聆听到先贤圣哲们的叨叨絮语，你身边的世界似乎是那么的美好，你的生活也变得温馨起来，你会有一种实实在在的获得感和成就感，感到格外的轻松和由衷的喜悦。此种境界的阅读所得，便会播入你的脑海，渗入你的心灵，融入你的骨血，让你"腹有诗书气自华""漫卷诗书喜欲狂"。这样的阅读，自然也就是极其美好而快乐的事情。

当然，好的书或文章更能让人喜出望外，更能增添"悦"的效果。

好的书，最直接的表现就是好的封面、好的装帧、好的用纸、好的印制、好的编排和宜人的开本，一看上去就有一种亲近感和亲切感，捧在手中就有一种爱不释手的特别感受，可这还只是形式的好和外观的好，是书的外貌之美，能让人一见倾心、一见钟情，当属好书的必须之列。更主要的是，书的内容传播真理，给人智慧，传递情感。语言文字的巧用，看了开头就停不下来，或是随便翻阅中间哪一页，都有继续读下去的欲望，给人一种舒服的享受和美的熏陶。一个人要是碰上这等好书，也算是人生之有幸，必然有一种愉悦想去好好浸淫，是读了还嫌少，阅了还想要，让人欲罢不能、欲止不愿。可惜这样的书不是想有就有的，一旦拥有了就要愉快地读，不失时机地读。只是现在的出版界似乎有点责任缺位，所推出的书多半是"不好不坏，又多又快"，甚至是对文字的亵渎对纸张的浪费，需要读者朋友擦亮眼睛，予以甄别。

好的文章，就是一件妙不可言的艺术品，让人喜不自禁、回味无穷、赞叹不已。这样的文章，拥有好主题，具有时代感，值得讨论，扣人心弦；文采飞扬，拥有优美的语言表现，表达明白晓畅，读起来轻松，念起来悦耳；内容上既有思想价值，又有审美价值；在结构的安排布局上，逻辑清晰，层次分明，并且起承转合恰到好处；表达效果上，既有让人如临其境的形境之美，又有叫人留恋体味的意境之美，更有使人反复品味的理境之美；在具体的表达中，具体形象、可叙之事、真挚情感、深刻道理、典故知识样样俱全，给人一种立体的丰满和完美的形象。好的文章，必然是可读性、艺术性、准确性和思想性、知识性的有机统一。读好文章，给人的感觉如沐春风、如饮甘露，又犹如与佳人约会，与好友品茗，与知己饮酒，好不心旷神怡，好不快哉、乐哉！

好的书或文章，确实悦人心目，阅读的人不应错过，不能错过，不可敷衍，而要努力搜寻，适时而读，倍加珍惜，读出一种酣畅淋漓的感觉来。

看来"阅"与"悦"，着实是一种读书人的好愿望，但它需要运气，需要机缘，也需要一定的分辨能力。但不管怎样，读书赏文始终是一件好事情，它能伸长和增强你的腿脚，打开和拉宽你的视野，放大和充实你的胸襟，增添和拓展你的才智，美化和抚慰你的心灵，什么时候什么情境我们都要用一种虔诚而愉快的心情去接触、去品读，并争取读出一种赏心悦目的效果来，享受到读书赏文的真正之乐，让阅读实现真正意义的"悦读"。

◁) "阅"与"悦"

"政"与"正"

> "其身正，不令而行；其身不正，虽令不行"。一个人养就了一身正气，便具备了从政、参政、议政的起码资本和坚实基础。为官要清正。"公生明，廉生威。"不贪财货，立身做到了洁身自好和清正廉明，为政也就坚守住了"底线"，树起了拒腐防变的"定海神针"。

从政、参政、议政的字眼，人们并不陌生；从政、参政、议政的职业或活动，也令不少人心驰神往。但对"政"的内涵，尤其是"政"的要义却并不是人人说得清楚的，以至于在从政、参政、议政的实践活动中出现不少笑话，更有甚者，有些人还因此断送了政治前途和卿卿性命。但凡对自己命运关心和负责的人都应明了为"政"的本质要求。

其实，"政"的基本含义是治理公共事务，只是按照范围的不同分为国家事务、社会事务、集体事务，这些事务要治理好，难易不同，但其根本要义就是一个"正"字。

"正"者，不偏不倚、合乎法则、顺乎道理、恰到好处是也。"政"与"正"不仅同音，在具体从政实践中也是如影随形、不可分离。"正"是"政"的根本，"政"是"正"的践行。古人所讲的"政者，正也""子率以正，孰敢不正"就是这个道理。谁违背了这一道理，谁就没有资格去谈"政"和涉"政"。

在现实生活中，总有那么一些人热衷于"政"，只想当官做老爷，发号施令，但并不明白"政"从"正"来的"政""正"关系。一旦当上了某某长，就犹如曹雪芹在《红楼梦》中所描述的"子系中山狼，得志便猖狂"，或如明代诗人顾大典在《青衫记》中所写到的那样，"一朝权在手，便把令来行"，只追求当官的感觉和风光，却没有当官的责任和操守，颐指气使，恣意妄为，其结果不是把政治生态弄得乌烟瘴气，就是被人民赶下台去，甚至还沦为了人民的罪人。那些因贪污受贿、徇私枉法或失职、渎职而受到查处和追责的官员，绝大多数就是这种无"正"而"政"之徒。

"打铁必需自身硬。"立志于公共事务，向往一官半职，希望拥有权力，并不是什么坏事，关键是要坚守为政之道，用"正"的要求来规范和塑造自己，做到以正带人、以正服人、以正资政，用"正"的威力折服人、影响人、感染人、吸引人、教育人，用"正"的力量推动思想、理念和计划、意图的变现，用"正"的魅力赢取广泛的配合与支持，用"正"的形象在百姓中树起良好的口碑。具体说来，就是要在思想上、心理上、行为上和为官实践中做到正之又正。

思想要纯正。如要涉"政"，就不能有任何私心杂念，而应想的是大局，思的是公共，念的是大众，忧的是集体。如果从事的是中国共产党的"政"，还得以全心全意为人民服务为宗旨，想百姓之所想，急百姓之所急，忧百姓之所忧，为民请命、为民解难、为民谋利，拥有大公无私和"先天下之忧而忧，后天下之乐而乐"的高尚情怀。没有如此之心地，私字当头、小我为上的人是绝对不能与"政"事沾边的，一旦沾上既是百姓之害，也会终究招致自身之祸。

心理要品正。心理品正者，认知准确，情理相融，意志坚定，情趣高雅，人格健全。品正不仅是一种心理品质，也是一种道德情怀，还是一种人格力量。只有品正，才可守正理、走正道、做正事、讲正气，见贤而思齐，嫉恶犹如仇。对待好人好事予以及时表扬鼓励，对待不正之风敢于"出头"、勇于"亮剑"，不怕"得罪人"；在为人处世中光明磊落，不弄"小动作"，不玩阴谋诡计，不要"小聪明"，不拉"小山头"，不搞"团团伙伙"。

处事要公正。公正是为官从政的生命线。无论是铁面无私的包青天，还是写下"万里来书只为墙，让他三尺又何妨？长城万里今犹在，不见当年秦始皇"家书的张英，无不诠释着"公正"的涵义和分量。从政者当以这些贤人为榜样，汲取精神力量，在公共事务的处理中，坚持原则不动摇，执行标准不走样，履行程序不变通，遵守纪律不放松，做到不分亲疏，一视同仁，"一碗水端平"，"一把尺子量到底"。

为官要清正。"公生明，廉生威。"不贪财货，立身清白，不取不应得的钱物，不贪各种各样的"小便宜"，不搞权钱交易、权色交易，即便同流也不合污，出淤泥而不染，扎扎实实地学习，勤勤恳恳地工作，清清白白地为官。做到了洁身自好和清正廉明，为政也就坚守住了"底线"，树起了拒腐防变的"定海神针"。

"其身正，不令而行；其身不正，虽令不行。"一个人养就了一身正气，便具备了从政、参政、议政的起码资本和坚实基础。不过，"正"的背后是意志、是信仰、是道德、是境界、是学养。"正"的品质的造就，需要从政者不断地思想改造和行为砥砺。

◁))"政"与"正"

"知"与"智"

　　有"知"者不一定有"智"，有"智"者肯定有"知"。"知"与"智"是一种互为依托、互相促进的关系。知识是智慧的基础，智慧是知识实现价值的钥匙。没有一定的知识积累，智慧便无从谈起；而没有相应的智慧，知识再多也不能得到很好的运用。

　　读到这样一则故事挺有意思。

　　阿普顿是美国普林斯顿大学数学系毕业的高才生，但他却是伟大的发明家爱迪生的助手，他对没有大学文凭的爱迪生有点瞧不起。有一次，爱迪生让他测算一只梨形灯泡的容积。于是，他拿起灯泡，测出了它的直径高度，然后加以计算。灯泡不具有规则形状，它像球形，又不是球形；像圆柱体，又不完全是圆柱体。计算十分复杂，即使是近似处理，也很烦琐。他画了一个草图，在好几张白纸上写满了密密麻麻的数据和算式，也没算出来。正忙于实验的爱迪生等了很长时间，也不见阿普顿的结果出来，他走过来一看，便忍不住笑出了声，说道："你还是换种方法算吧！"只见爱迪生快步取来一大杯水，轻轻地往阿普顿刚才反复测算的灯泡里倒满了水，然后把水倒进量筒，几秒钟就量出了水的体积，当然也就等于算出了玻璃灯泡的容积。

这则故事不仅说明了做人要谦虚的道理，也让人想起了"知"与"智"的不同涵义及其关系。

不错，阿普顿拥有高学历，接受过系统的学历教育，其掌握的知识肯定比没有大学文凭的爱迪生要多，但并不说明阿普顿的智慧就比爱迪生高，因为知识和智慧虽有关系却并不是一回事，也就是说智慧需要知识，但拥有知识却并不一定拥有智慧。

"知"，知识也，是人类在实践中认识客观世界的成果，它包括事实、信息的描述或在教育或在实践中获得的技能。

而"智"，是在"知"字下面加个"曰"，却是一种高级的综合能力，是让人可以深刻地理解人、事、物、社会、宇宙、现状、过去、将来的能力，是一种对真理的思考力、分析力、探求力。

"知"肯定不等于"智"，"知"是靠学习而获得；"智"是知识树上开出的花，需要对各类知识进行加工、改造和提升，需要实践和感悟。也就是说，有"知"者不一定有"智"，有"智"者肯定有"知"。"知"与"智"是一种互为依托、互相促进的关系。知识是智慧的基础，智慧是知识实现价值的钥匙。没有一定的知识积累，智慧便无从谈起；而没有相应的智慧，知识再多也不能得到很好的运用。

在历史和现实中，总有一些人，尤其是有些老师或是孩子的父母并不了解"知"与"智"的不同及其关系，而是把"知"等同于"智"，认为知识越多就越有智慧。于是乎，在具体的教学实践或家庭教育中，大搞"满堂灌"和"题海战术"，或是送小孩上这种班那种班，把孩子们弄得疲惫不堪，孩子们的课程分数兴许很高，但孩子们在处理一些具体问题上却无从下手，呈现出高分低能现象。这种做法，实则不利于孩子们的健康成长。也有一些用人部门，看学历不看能力，看文凭不看水平，结果在真正用人时不是捉襟见肘、无才可用，就是用人不当，导致不可挽回的损失。

战国后期的秦赵长平之战，赵王中了范雎的离间之计，将三军主帅老将廉颇换掉，让书本知识有余、实战经验不足的赵括掌印，结果打了败仗，赵括战死不说，四十余万降卒被坑杀，赵国从此一蹶不振。在中国工农红军长征之前，毛泽东领导的几次反"围剿"打的都是胜仗，可偏偏就是有人不服毛泽东的那一套，觉得打不赢就跑是流寇主义，迷信洋专家，请一个名叫李德的外国人指挥打仗，结果一败涂地，差点儿葬送了年轻的中国共产党。这些事例再次说明，书本上的东西，毕竟是纸上谈兵，并不是现成的、拿来就能派上用场的东西。谁要硬把知识当成智慧，是要撞得头破血流，甚至是死无葬身之地的。

其实，知识只有在转化为智慧之后，才是力量。知识不等于智慧，就如同汽油不经过燃烧不等于热量一样。知识是固化的、机械的、板着生硬面孔的东西，而智慧则是鲜活的、灵动的、富有生命力的东西。智慧不是大脑储存了多少知识，而是在遇事需用时随时召回过往大脑的知识。如大海航行遇疾风骤雨，知识如定海神针而让你镇定，智慧如指南针而让你找准方位、顺帆而行，到达胜利彼岸。知识和智慧都很重要，但其获得的途径并不完全一样，知识主要是靠"学"，智慧主要是靠"悟"。从知识到智慧，有一段距离。这段距离的拉近，要靠实践、实践、再实践，靠感悟、感悟、再感悟，靠举一反三、由表及里、触类旁通的加工与处理。要想将知识转化为智慧和能力，还是那句古话："纸上得来终觉浅，绝知此事要躬行。"

知识是不断积累和沉淀的人类认知，它让我们知道过去与本来，我们不能忽视知识，必须搞好知识的学习与吸收，以便于更好地把握好现在、面向好未来。但我们又决不能局限于知识，而是要将知识消化吸收、活学活用，将书本与实情相结合、理论与实际相结合、间接与直接相结合，在具体的实践中"贴地皮""接地气"，增长智慧和才干。我们的人才培养理念不仅是传授知识，而是要多开展智慧的训练。

◁» "知"与"智"

"拙"与"卓"

　　不可否认，时代瞬息万变，机遇稍纵即逝，我们也确实需要创新求变、弯道超越。也不是说我们凡事只能使"笨劲"，不能用"巧力"。

　　读到一则资料，说的是一个美国心理学家以大学生为被试者做了一个实验，研究了做笔记与不做笔记对听课学习的影响。结果表明：在听课的同时，自己动手写摘要的学习成绩最好；在听课的同时看摘要，但自己不动手的学习成绩次之；单纯听讲而不做笔记，也不看摘要的成绩最差。这个实验揭示了一个现象，好的学习效果除了认真听课，还需要借助做笔记这种看似笨拙的方法来取得，验证了"好记性不如烂笔头"的道理，也让人联想到了"拙"与"卓"的关系。

　　"拙"与"卓"，都念"zhuō"，只是声调不一，不仔细辨别，几乎就是同音字，但两者的意义却截然不同。"拙"，除用作谦辞外，还被理解为笨和不灵巧。凡事都要循规蹈矩，不会变通，不善取巧，在世俗当中也常常被理解为"拙"。将"拙"字用到一个人身上，常含贬义，也常为人们所不屑。而"卓"则是高明、高超、杰出和不平凡，是褒义字，用到一个人身上肯定就是赞扬和赞誉。

从字面上理解，将"拙"与"卓"扯在一起似乎是风马牛不相及。但从成就的获得规律看，"拙"与"卓"的关系却是极为密切。"拙"是"一个钉子一个铆"式的手段与方法，"卓"则是斐然的成绩和高超的状态。从这个意义上来说，"拙"既是"卓"的前提和条件，又是"卓"的铺垫与基础；"卓"则既是"拙"的累积和叠加，又是"拙"的成效与结果。

在现实生活中，但凡正常的人都梦想"卓"，希望活出最好的自己，希望与"卓"沾亲带故，要么卓见，要么卓然，要么卓越，要么卓著，要么卓绝，要么卓异。应该说，这样的愿望如果与利人利社会连在一起无疑是好愿望，要是能得以实现，不仅自身的价值会得以体现，还会赢得社会的广泛肯定和称颂。但在实际的追"卓"当中，总有一些人只梦想一步登天、一鸣惊人，却常常忽略"拙"与"卓"的辩证关系，要么有想法没行动，要么有行动没毅力，要么热衷于投机取巧，不屑于一步一个脚印地下"拙"功夫。其结果，"卓"不仅是水中月镜中花，永远不沾其边，还落下了"想法的巨人，行动的矮子""空想主义""眼高手低"等笑柄。

其实，天底下没有坐享其成的好事。要会吟诗，前提是要"熟读唐诗三百首"；要把一部书弄得清楚明白，条件是"书读百遍"；要习得一番真武功，就得按照"入门先站三年桩"的规矩，打牢站桩的本领。从学如此，习武如此，想干的每一项事业都是如此，要想取得"卓"，首先必须"拙"：要有虚心待事，耐心经事的"憨态"与"笨劲"，要有遇到困难和矛盾"逢山开路，遇水架桥"的"倔犟"。古人倡导的"巧诈不如拙诚""大巧若拙"，说的也是这个道理。

纵观那些从古至今的卓越者，无一不拥有"拙"的表现和"拙"的劲头的。汉代司马迁著就《史记》这一不朽之作，就是用博览、遍访、搜集、整理的"笨"功夫，并克服宫刑的身心痛苦，花了18年的"拙"劲才写成。清代小说家曹雪芹写成的《红楼梦》，被誉为是中国长篇小说的一座高峰，却是他"披阅十载，增删五次"，"字字看来皆是血，十年辛苦不寻常"的产物。被誉为"杂交水稻之父"的当今科学家袁隆平，靠的是50余年始终在农业科研第一线，一次又一次地试验，"笨"耕"拙"耘，不懈地探索。摘取诺贝尔医学奖的屠呦呦，几十年如一日，为研制防治疟疾的药方，从包括各种植物、动物、矿物在内的2000多个药方中整理出640个，再从中进行100多个样本的筛选，并通过自身试药，取得临床效果而获成功。最终获得青蒿素样品。这些事例，无不说明，建功需要"拙"功夫，卓越皆从笨拙始。

不可否认，时代瞬息万变，机遇稍纵即逝，我们也确实需要创新求变、弯道超车。也不是说我们凡事只能使"笨劲"，不能用"巧力"。但必须懂得，"巧力"的获取，靠的是日积月累和厚实功底，而不是挖空心思的妄想；"巧力"的实现，靠的是持续不断的拼搏奋斗，而不是偷懒耍滑和一劳永逸。"一举成名"的获取，其实是"十年寒窗"的铸成。真正的"魔法""巧力"，别无其他，其实只有看似"愚劲"和"拙气"的踏踏实实地苦干，只有践行"抓铁有痕、踏石留印"的工作作风。

◁» "拙"与"卓"

附 录：

用谐音汉字读懂纷繁世界

文 / 邓魏

前几天，我去一个朋友家小聚，伙伴们聊到中年境况，忽然间就沉默了。

半晌，朋友说："各位兄弟，我有慈悲！"

有人搭腔："你这里的花鸟虫鱼，一草一木，处处都有慈悲啊！"

"慈悲？"朋友若有所思地说，"我说的是桌子上那白色的瓷杯呢！"

大伙不禁大笑起来。一对谐音字，顿时就撕开了沉闷的迷雾，让整个下午通亮起来。

好一个"慈悲"的瓷杯！我心里默默念叨，细细琢磨两个谐音字之间若有若无的联系，竟有些欲罢不能。

我从事文字工作已有十五年，但爱琢磨文字，特别是爱琢磨谐音字的习惯养成不过两年，这是因为受教于肖凌之老师。

肖凌之老师是我主编的《今日女报》的专栏作者，笔名石川，是一位文化战线上的领导干部，也是多所大学的客座教授，深耕文化领域多年。

然而，2017年下半年的某天，当我第一次收到他的一组文章时，我并不以为然，打算多发几篇"以完成领导交代的任务"——因为时常有人想在《今日女报》上开专栏，可版面有限啊！

而当我细读了他的三四篇文章后，顿时眼前一亮，拍案叫好：实在是有趣！有味！

有趣在哪儿呢？每篇都是通过一对谐音字来解读人生！有味又在哪儿呢？每篇都讲究文字的韵律感和节奏感。

于是，从2017年11月开始，我们在今日女报/凤网全媒体上开辟了专栏——"谐音汉字　谐趣人生"。专栏推出后，反响不错，文章被很多读者剪报张贴，也被许多网站转发，还被不少人用于朗读……

其实，解读汉字的书籍不胜枚举，古代有著名的《说文解字》，近代有刘树屏先生编写的《澄衷蒙学堂字课图说》等，而当代学者们的著述更是比比皆是。那么，这组文章又有什么独特魅力呢？我来谈谈个人的浅见吧！

第一，以锤炼词句展示文采。

这组文章每篇一千八百字左右，短小精悍，但字字雕饰，句句韵味：一是善于短句，使语句既不失典雅又不乏通俗，让文字间多了节奏感；二是巧于排比，反复吟唱，气势恢宏，使文字读来有畅快感；三是精于递进，层层深入，挖掘文字的内在关系，让内容表达有了纵深感。

在《"误"与"悟"》中，他写道："无悟的人，实则是感官的迟钝者、思想的懒惰者、行为的盲从者、命运的听任者。"先是刺激感官，再是影响思想，继而付诸行为，最终影响命运……环环相扣，层层递进，短短几言，写尽了某些人从蜕变到失败的结局，真是言简意赅啊！而"迟钝者""懒惰者""盲从者""听任者"，其实也是主观堕落的层层升级，很适合我们照镜子自查。

如此讲究、精练的语句，不但适合成人阅读，也很适合孩子朗诵。

第二，以新解文字探访文化。

肖凌之老师通过一层一层剥开文字的外壳，带我们一点一滴探秘文字内核，梳理其中千丝万缕的联系，如以"诚"求"成"，以"德"求"得"，以"才"求"财"，以"和"求"合"，等等，这些从浅里讲是中国文字之间的辩证关系，往深里说是中国文化之间的有机联系。

当然，要把这些看似简单、实则复杂的道理深入浅出地诠释，这需要对中国文化烂熟于心。肖老师尤善讲故事，对传统典故也娓娓道来，对俗语、名言、古诗更是信手拈来，又巧读妙解。

在《"升"与"深"》中，他通过将苏秦"刺股悬梁"，匡衡"凿壁借光"，车胤"囊萤映雪"，李白"铁杵磨针"等耳熟能详的民间故事，进行创新解读，给"升"与"深"的辩证关系增添了书卷气息。

这些简单朴素的道理，在他纵横交错的解读中，让人豁然开朗，提升了文化自信。

习近平总书记要求"推动中华优秀传统文化创造性转化、创新性发展"。该如何创新呢？我想，肖凌之老师做了很深的思考和很实的践行。

第三，以解构事物读懂世界。

在我看来，这组文章的妙处还不仅是解读文字和感悟文化，更在于着眼新时代，立意新解读，打破时间和空间窠臼，使字与字相联，让字与万物相通。

我们细品之后不难发现，每一篇文章都是作者用生活体验、乐观态度、创新思维，通过解读谐音字，来畅谈他对人情、社会的理解，从而启迪读者该如何从容立身于纷繁世界。

比如，在《"比"与"逼"》中，他对社会有深刻的理解："'逼'也得有个度，该'逼'的才可逼，不可逼良为娼、逼民造反；要'逼'在人的潜能范围，不可咄咄逼人和逼人太甚，以免逼出不必要的麻烦，逼出个物极必反。"而在《"盼"与"攀"》中，他对人性又有精准的拿捏："有所作为的人心中有大'盼'，并善于将大'盼'化解成相互衔接的一个又一个的小'盼'，然后一段一段地做、一节一节地'攀'，积小成为大成。"

说人，是因为了解社会；读物，则是感悟自然。他每每落笔轻缓，看似是写文与字的关系，实则写事与物的通联，以此窥视人与社会、心灵、自然的某种哲理关系。

在《"升"与"深"》中，他并不满足表述"升"与"深"的辩证关系，为了让文章内涵更升华，他层层深挖："'升'是朝上走、向上伸，'深'却是向下沉、往下扎。'深'与'升'，朝向截然相反，但却是相得益彰、相反相成：只有'深'得越下，方可'升'得越上；只有'深'得越厚实，才能'升'得越茂盛。"

这看似矛盾的一上一下，实则是有机的相辅相成，如此解读新颖却不呆板，细细琢磨后，如同黄钟大吕。其实，在大自然中，不也常见如此矛盾的有机体吗？比如一棵大树，不正是根越深，枝就越高么？真是妙哉！

第四，以文化底蕴传播哲理。

中华文化博大精深，为什么要通过谐音字来说道理呢？或者说，以谐音字传道解惑有什么好处？

其实，自古以来，中国人对谐音字就情有独钟。比如很多民俗就是以谐音为基石的：过年要吃鱼，以示"年年有余"；婚宴上要摆红枣、花生、桂圆、莲子，寓意是"早生贵子"；送礼是不能送钟、伞、梨的，毕竟谁也不想"终""散""离"啊！

我们很多俗语的产生也拜谐音所赐，如"观音堂里着火——妙哉（庙灾）"，"孔夫子搬家——尽输（书）"等等。

谐音影响人类生活，也干预动物命运。比如一只再平常不过的鸡，有时是世人眼中纳吉迎祥的崇物，可有时也是人们口里的某类失足妇女。这些都是有历史根源的：唐朝以前就有将"鸡"视为"吉"的说法，宋元时期便有把"妓"叫做"鸡"的记载。

也正因为谐音文化在中国有很强的社会基础、文化基础和心理基础，所以肖老师这组文章不但有深刻的文化内涵，更有极佳的传播价值。说白了，因为契合了大部分中国人的某种心理暗示，所以通过谐音字来解读、传播人生哲理，更能让人欣欣然接受——说了就好懂，懂了又易记，记了还很牢。

最后，我要说说我个人的感悟。

从2017年11月到2019年3月，专栏"谐音汉字　谐趣人生"，共刊发了70篇文章。而我不但每篇都细细品味，还时常在晚上跟肖老师探讨一二。

因为受这组文章的启发和影响，更因有肖老师的鞭策和鼓励，两年前我也开始琢磨文字和词汇，写了一组"女人词典"的文章，试图解读这些女性词汇的古今变迁。直到这时，我方觉解读文字不易，解悟文化更难，也更能体会到肖老师这些所思所想所写是何等的弥足珍贵。

前不久，欣闻"谐音汉字　谐趣人生"这组文章要由人民出版社出版成册，取名《人生如字——谐音字趣谈》，我真是心花怒放：一是有小小的满足感，看来对好文章的态度也是"英雄所见略同"的啊；二是小小的幸运感，将有更多的朋友受益于这些文章。

正如在《"阅"与"悦"》中写的那样："读书赏文始终是一件好事情，它能伸长和增强你的腿脚，打开和拉宽你的视野，放大和充实你的胸襟，增添和拓展你的才智，美化和抚慰你的心灵。"我相信，阅读这部著作，对您的胸襟、才智、心灵都是大有裨益的呢！